Cheyennes Lieblingshund
KALLE
das bin ich
CW01669058
Lotta Petermann
meine beste Freundin
Cheyenne Wawrceck
Cheyennes kleine Schwester
Chanell Wawrceck
meine Mama
Sabine Petermann
mag Ajudingsbums-Gekoche
meine indische Blockflöte
Paul Kohlhase
Mitglieder unserer Bande:
DIE WILDEN KANINCHEN
WK
Rainer Petermann
mein Papa
Lehrer
kommt aus Frankreich
Rémi Dubois
meine Blödbrüder
Zwillinge nämlich
Jakob und Simon Petermann
Ach ja, Heesters …
lebt der überhaupt noch?

Alice Pantermüller
Daniela Kohl

Mein Lotta-Leben

Das letzte Eichhorn

Weitere Bücher von Alice Pantermüller im Arena Verlag:

Mein Lotta-Leben. Alles voller Kaninchen (1)
Mein Lotta-Leben. Wie belämmert ist das denn? (2)
Mein Lotta-Leben. Hier steckt der Wurm drin! (3)
Mein Lotta-Leben. Daher weht der Hase! (4)
Mein Lotta-Leben. Ich glaub, meine Kröte pfeift! (5)
Mein Lotta-Leben. Den Letzten knutschen die Elche! (6)
Mein Lotta-Leben. Und täglich grüßt der Camembär (7)
Mein Lotta-Leben. Kein Drama ohne Lama (8)
Mein Lotta-Leben. Das reinste Katzentheater (9)
Mein Lotta-Leben. Der Schuh des Känguru (10)
Mein Lotta-Leben. Volle Kanne Koala (11)
Mein Lotta-Leben. Eine Natter macht die Flatter (12)
Mein Lotta-Leben. Wenn die Frösche zweimal quaken (13)
Mein Lotta-Leben. Da lachen ja die Hunde! (14)
Mein Lotta-Leben. Wer den Wal hat (15)
Mein Lotta-Leben. Das letzte Eichhorn (16)

Mein Lotta-Leben. Alles Bingo mit Flamingo! (Buch zum Film)

Linni von Links. Sammelband. Band 1 und 2
Linni von Links. Alle Pflaumen fliegen hoch (3)
Linni von Links. Die Heldin der Bananentorte (4)

Poldi und Partner. Immer dem Nager nach (1)
Poldi und Partner. Ein Pinguin geht baden (2)
Poldi und Partner. Alpaka ahoi! (3)

Bendix Brodersen. Echte Helden haben immer einen Plan B

www.mein-lotta-leben.de

Alice Pantermüller

wollte bereits während der Grundschulzeit „Buchschreiberin" oder Lehrerin werden. Nach einem Lehramtsstudium, einem Aufenthalt als Deutsche Fremdsprachenassistentin in Schottland und einer Ausbildung zur Buchhändlerin lebt sie heute mit ihrer Familie in der Lüneburger Heide. Bekannt wurde sie durch ihre Kinderbücher rund um „Bendix Brodersen" und die Erfolgsreihe „Mein Lotta-Leben".

Daniela Kohl

verdiente sich schon als Kind ihr Pausenbrot mit kleinen Kritzeleien, die sie an ihre Klassenkameraden oder an Tanten und Opas verkaufte. Sie studierte an der FH München Kommunikationsdesign und arbeitet seit 2001 fröhlich als freie Illustratorin und Grafikerin. Mit Mann, Hund und Schildkröte lebt sie über den Dächern von München.

Alice Pantermüller

MEIN LOTTA-LEBEN

Das letzte Eichhorn

Illustriert von Daniela Kohl

Arena

Für alle, die auch zu Hause
Abenteuer erleben

Alice und Daniela

Arena
Ein Verlag in der westermann GRUPPE

MIX
Papier aus verantwortungsvollen Quellen
FSC® C110508
FSC www.fsc.org

1. Auflage 2020

Einband, Satz und Illustrationen: Daniela Kohl
Gesamtherstellung: Westermann Druck Zwickau GmbH
Printed in Germany
ISBN 978-3-401-60496-1

Besuche den Arena Verlag im Netz:
www.arena-verlag.de

DONNERSTAG, DER 27. AUGUST

Ferien sind viel wichtiger als Schule

hat mir Cheyenne heute Morgen erklärt, als wir uns vor der **Günter-Graus-Gesamtschule** getroffen haben.

Sie hatte voll die **schlechte Laune** und ich auch.

Und zwar weil genau **HEUTE Morgen** die **SOMMERFERIEN** → **VORBEI** waren.

→ **Echt unfair!**

Genau hab ich bestätigt. Schließlich kann man die wirklich wichtigen Dinge nur in den Ferien machen. **Tiere retten** zum Beispiel. Sonst hat man gar nicht genug Zeit dazu.

Das fand Cheyenne auch. Meine beste Freundin und ich wollen nämlich später mal **TIERRETTER** werden. Immerhin haben wir in den letzten Ferien schon **TAKU**, den Orca, gerettet.

Aber leider nur ein bisschen.

TAKU lebt in einem englischen Ozean-Park, wo wir im Juli waren.

Und weil wir ihn nicht so richtig retten konnten, ist er noch immer dort eingesperrt.

Doch **wie** soll man auch englische Wale befreien, wenn man gerade erst in die siebte Klasse gekommen ist?

Hej, tjejer! Läget?

hat uns in diesem Moment Paul entgegengerufen.

Zusammen mit Rémi stand er vor der Eingangstür und hat ausgesehen, als würde er auf etwas warten.

Vielleicht auf **uns**.

Vielleicht auf die **Klingel**.

Vielleicht aber auch darauf, dass endlich die **Schule** wieder losgeht.

Cheyenne und ich haben uns verständnislos angeguckt,

und dann hat Cheyenne die Arme in die Seiten gestemmt und knurrig gesagt:

Selber Hejtjäjäjä, du Vollhorst!

Ich war in den Ferien in **Schweden** und habe ein bisschen Schwedisch gelernt

hat Paul ihr erklärt.

Und da haben Cheyenne und ich uns wieder verständnislos angeguckt.

Weil wir nämlich auch schon mal in Schweden waren und anschließend **nicht das kleinste bisschen** Schwedisch konnten.

Dann hat auch Rémi was gesagt.

Meeschärsamie Schösuitrasörödöwurowoa

Wahrscheinlich: „Und ich war in den Ferien in **FRANKREICH** und hab alle deutschen Wörter wieder vergessen."

Ich hab nämlich nichts verstanden. Anschließend sind wir reingegangen.

BLABLABLAKACKERTBLABLA

Es war ganz schön **LAUT** und wuselig in unserer Klasse, weil sich alle darüber unterhalten haben, wen wir wohl als neuen Klassenlehrer kriegen. BLA BLA BLA BLA

Hoffentlich nicht diesen superblöden Herrn Melin, der immer nach **FEUCHTEM HUND** riecht

hab ich zu Cheyenne gesagt.

BLA

Doch bevor sie antworten konnte, kam auch schon ein Mann in den Raum, den wir nicht kannten. Und der hat voll komisch ausgesehen: BLA BLA

Er hatte einen **langen, buschigen Pferdeschwanz** und ziemlich viele **Haare im Gesicht.**

Außerdem hat er eine **zottelige Weste** getragen, die hat ausgesehen wie ein toter Grizzlybär.

B L A B L A

Da sind wir erst mal alle ziemlich still geworden.

höhöhö

Nur die **Rocker** haben gekichert.
Und Cheyenne und ich natürlich. hihihi

„Hey“, hat er uns begrüßt,
so durch seinen Bart.

Ich bin euer neuer Klassenlehrer.

Hejtjäjäjä hat Cheyenne geantwortet,
und da musste ich voll lachen. HA! HA!

Allerdings hat das niemand gehört, denn auch der Rest der Klasse hat laut gejubelt und gelacht.

Und zwar weil HAHAHA!

Frau Kackert ab heute **NICHT MEHR**
unsere Klassenlehrerin ist!

Dann hat unser neuer Lehrer seinen Namen an die Tafel geschrieben, **Bernd Fellich**, und da mussten wir noch mehr lachen. HAHAHA!

Weil er ja wirklich ziemlich viel Fell im Gesicht hat.
Und auch an seiner Weste und so.

HAHA! HAHAHAHAHA! HA! HAHAHA!

Aber er hat nur gegrinst und ausgesehen, als würde er mehr Spaß verstehen als Frau Kackert.

Da haben wir ja endlich mal **Glück** gehabt!

Leider hat er danach unsere neuen Stundenpläne verteilt. Und darauf stand, dass wir immer noch Unterricht bei Frau Kackert haben, Deutsch und Geschichte. **Menno.**

Wo wart ihr denn in den Sommerferien?

wollte Herr Fellich anschließend von uns wissen, während er sich ganz bärig auf seinen Lehrertisch gesetzt hat, mit seinem Bart und den langen Haaren und der zotteligen Weste.

In Kanada, Grizzlybären jagen hat Maurice von den **Rockern** gemurmelt,

aber Herr Fellich hat so getan, als hätte er ihn nicht gehört.

Stattdessen hat er Berenike drangenommen, die mit ihrer hochnäsigen Nase und ihren bescheuerten **LÄMMER-GIRL**-Freundinnen wie immer ganz vorne in der ersten Reihe gesessen hat.

Ich war mit meiner Familie in der Dominikanischen Republik. Zum Kitesurfen

hat sie voll eingebildet gesagt.

Herr Fellich hat genickt.

Zum Kitesurfen in der Karibik, traumhaft. Sicherlich seid ihr dorthin geflogen, nicht wahr?

Ja natürlich.

Berenike hat mit den Schultern gezuckt.

Da hab ich mich schnell gemeldet.

Wir sind auch mit dem Flugzeug geflogen, Cheyenne und ich. In ein Sprachcamp nach England.

Ts, was die dämliche Berenike kann, können wir schon lange!

Jetzt haben sich auch fast alle anderen gemeldet:

Emma:  Ich war an der Nordsee.

Liv-Grete: 

Ich war bei meinen Großeltern in Thüringen.

Rémi: 

Isch war in Frankreisch, ssu Mamie et Papi.

Ich war in Kanada Grizzlybären jagen

hat Finn gemurmelt.

So langsam waren diese Bärensprüche ja auch nicht mehr witzig.

Und dann hat Herr Fellich den Beamer an der Decke angemacht und eine Tabelle an die Wand geworfen, auf der man lauter Balken sehen konnte.

Der längste Balken war der hinter dem Flugzeug, und zwar weil Flugzeuge furchtbar **UMWELT-SCHÄDLICH** sind, noch viel schlimmer als Autos und Züge und Fahrräder.

Da sind alle ziemlich still geworden, und ich hab mir gewünscht, dass ich nichts von dem Flug nach England gesagt hätte.
Aber dann ist mir was Gutes eingefallen, und ich hab mich wieder gemeldet.

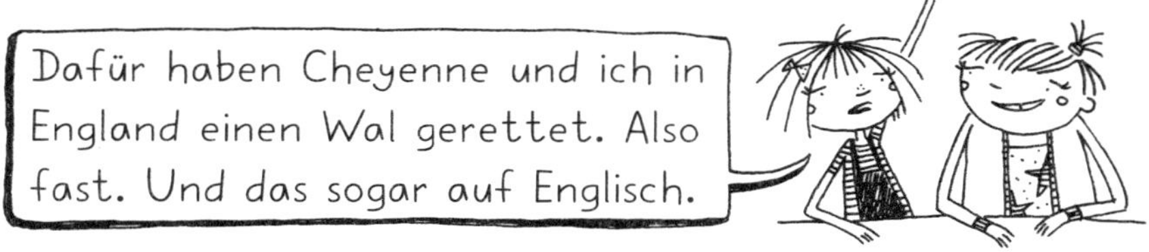

Danach hab ich erzählt, wie wir so lange **Freedom for Taku** geschrien haben, bis die Orca-Show abgebrochen werden musste.

Ja, das ist nämlich voll die Tierquälerei, ey

hat Cheyenne bestätigt.

Das fand Herr Fellich natürlich gut. 🙂

Denn wenn man für Umweltschutz ist, muss man ja schließlich auch für Tierschutz sein.

An der Stelle hat Paul sich gemeldet und erzählt, dass er in den Ferien in **Schweden** war.

Und dass es da ein Mädchen gibt, das **jeden Freitag fürs Klima streikt,** statt zur Schule zu gehen.

Und damit ist sie total berühmt geworden.

Sie hat mit Politikern in ganz Europa gesprochen und auch in Amerika

und Reden gehalten

und überall viele Nachahmer gefunden.

Cool, das mach ich auch!

hat Timo gerufen.

Was? hat Herr Fellich gefragt.

Fürs Klima und die Zukunft der Menschheit streiken?

Die **Rocker** haben gewiehert vor Lachen und sich abgeklatscht, aber ich fand die Idee von dem schwedischen Mädchen toll.

Anschließend haben wir uns dann noch für den Rest der Stunde über Regenwälder, Affen, Wale und Nashörner unterhalten.

Und über andere Tiere, die **VOM AUSSTERBEN BEDROHT** sind.

Und obwohl Cheyenne und ich uns ja voll gut mit dem Thema auskennen, hab ich nicht viel dazu gesagt. Weil ich immer wieder an das **schwedische Mädchen** denken musste. Irgendwie war ich richtig **aufgeregt** bei dem Gedanken, dass man so berühmt und wichtig werden kann, auch wenn man noch zur Schule geht.

Als wir nach der Stunde den Klassenraum verlassen haben, hatten wir jedenfalls gar keine schlechte Laune mehr.

Der Fellich ist ja echt mal cool.
Auch wenn er aussieht wie
ein verzottelter Grizzlybär

hat Cheyenne gesagt.

Ich hab gelacht, weil das ja wirklich stimmte.

Obwohl die Frisur von Herrn Fellich noch tausend Mal besser ist als die von unserem Schulleiter ← Herrn Strump.

Der trägt nämlich immer ein totes Eichhörnchen auf dem Kopf.

Die **LÄMMER-GIRLS** fanden Herrn Fellich allerdings nicht so gut wie wir, glaub ich.

„Ach, du grüne Neune, was für ein Öko", hat Berenike zu den anderen blöden Gackergänsen gesagt, als wir die Treppe zum Schulhof runtergegangen sind.

Der hat ja wohl echt Probleme damit, dass er sich keine Reise in die Karibik leisten kann.

Liv-Grete hat die Nase gerümpft.

Und dann ist er auch noch so ungepflegt. Die ganze Zeit musste ich auf diese zerlumpte Weste gucken ...

Bestimmt riecht die nach Grizzlybär. Voll eklig!

hat Emma gekichert und sich dabei geschüttelt.

Wie gut, dass wir zumindest in Deutsch und Geschichte noch Frau Kackert haben

hat Hannah geseufzt. Und das, obwohl ihre Noten in beiden Fächern nicht besonders gut sind.

Da haben Cheyenne und ich uns angeguckt und gegrinst. Mit einem Mal fanden wir es nämlich **noch viel cooler**, dass Herr Fellich unser neuer Klassenlehrer ist.

Weil es ein bisschen genieselt hat, haben wir uns während der Pause unter ein paar Bäume gestellt.

Kurz darauf sind auch Paul und Rémi zu uns gekommen. Paul hat ein bisschen verwirrt ausgesehen und seine Brille abgenommen, weil da Regentropfen drauf waren.

Und? Wie findet ihr Herrn Fellich? Also, er hat ja ein paar kluge Dinge gesagt, aber ... ich weiß nicht mal, welches Fach wir gerade hatten. War das Erdkunde?

hat er gefragt.

Ich hab Cheyenne angeguckt und sie mich und wir haben beide mit den Schultern gezuckt.

Rhinozeros hat Rémi behauptet und genickt.

Erst da hab ich gemerkt, dass er gar nicht mehr mit Emma Händchen hält.

DONNERSTAG, DER 27. AUGUST. Nachmittags.

Um vier haben sich alle **WILDEN KANINCHEN** in

Pauls Baumhaus getroffen,
Paul, Cheyenne, Rémi und ich.
Und Cheyennes süßer, kleiner Hund
Kalle war natürlich auch dabei.

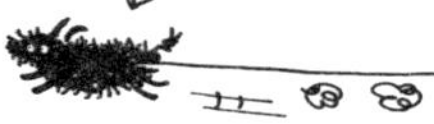

Allerdings hat es geregnet, und das Dach war nicht mehr ganz dicht, sodass es immer auf uns getropft hat.

hat Cheyenne irgendwann mit Paul geschimpft.

Und da hat Paul gesagt, dass sie ja nicht genau da sitzen muss, wo es tropft.

Und *Hej, tjejer! Läget?* heißt außerdem *Hej, Mädels! Was geht?*, und es ist deshalb völlig bescheuert, das ständig als Schimpfwort zu benutzen.

Oder Grizzlybär hat Rémi ihm zugestimmt.

Ey, Rémi, warum kannst du eigentlich überhaupt kein Deutsch mehr? hat Cheyenne ihn so kopfschüttelig gefragt und Kalle gestreichelt, der auf ihrem Schoß saß.

Aber isch kann Deutsch! Nur isch ab verloren klein-klein bisschen bei Ferien en France hat Rémi etwas gekränkt erwidert.

Dann ist ihm Wasser in den Kragen getropft, und er hat gequiekt.

Und da hab ich vorgeschlagen, dass wir alle zu mir nach Hause gehen und fernsehen.

Weil es nämlich etwas gibt, was Paul und Rémi noch gar nicht wussten.

Meine Mama hat seit ein paar Wochen ihre eigene Sendung im Fernsehen: **SABINES WELT**.

Paul hat ganz große Augen gemacht.

Was? Eine richtige Fernsehsendung? Worum geht es denn?

Na ja, sie testet da so Produkte. Und dann sagt sie, welches davon das beste ist. Und welches nichts taugt

hab ich ihm erklärt.

Was für Produkte? Pauls Augen haben voll geleuchtet.

Da hab ich mich echt gefreut,
dass er sich so dafür interessiert!
Auch wenn mir spontan nicht eingefallen ist,
welche von den Sachen er gut finden könnte.

Ähm … Hilfe suchend hab ich Cheyenne angeguckt, weil sie Mamas Sendung nämlich auch total toll findet.

Burgerpressen, für besonders platte Hamburger hat sie mir sofort geholfen.

Stimmt. Und **Spülmaschinendeos** ist mir dann eingefallen.

Zahnpasta mit Schokoladen-…

… oder Bacon-Geschmack.

Fisch-Entgräter.

Und **Saugmäher.** Damit kann man erst staubsaugen und dann den Rasen mähen hab ich erklärt.

Ähm … hat Paul gemacht.

Und dann sind wir zu uns gegangen. Auf dem Weg hat Rémi uns erklärt, warum er nicht mehr mit Emma zusammen ist.  Glaub ich zumindest.

Manschmal, Emma nischt ist kein gar nischt freundlisch

hat er geklagt.

Als Mama uns die Tür geöffnet hat, hab ich sofort gemerkt, dass es wohl doch keine besonders gute Idee war, zu mir nach Hause zu gehen.

Es war nämlich schon wieder ganz schön **CHAOTISCH** bei uns. Meine beiden **Brüder** haben die ganze Zeit nur an Mama geklebt und rumgenölt.

Und zwar weil sie morgen auch auf der **Günter-Graus-Gesamtschule** eingeschult werden sollen und voll den **BAMMEL** davor haben. 😄

Und wenn wir jetzt **FRAU KACKERT** als Klassenlehrerin kriegen?

hat Jakob gejammert.

Dann ist das eben so

hat Mama erklärt, weil sie neuerdings keine Zeit mehr für **RUMGEHEULE** hat.

Lotta hat sie auch überlebt.

Ich will aber nicht!

hat Simon gewinselt.

Oh Mann, die werden echt immer schissiger, diese **Blödbrüder!**

„Hört mal, Jungs“, hat Mama dann gesagt und Jakob und Simon ein bisschen von sich weggeschoben.

Ich war die letzten beiden Tage im Filmstudio, und deshalb ist hier zu Hause einiges liegen geblieben. Beschäftigt euch bitte mal selbst.

So ist Mama jetzt schon seit ein paar Wochen drauf. Aber Cheyenne und ich finden das gut.

Boah, voll die Karrierefrau, deine Mama! hat Cheyenne bewundernd geflüstert und ihren Kalle an sich gedrückt.

Und dann haben wir uns mit Paul und Rémi vor den Fernseher gesetzt.

„Auf welchem Sender läuft denn **SABINES WELT?**“ hat Paul gefragt.

„Auf Channel 987“ hab ich geantwortet, und da hat er nichts mehr gesagt.
Aber das lag wahrscheinlich daran, dass Channel 987 ein nicht sehr bekannter Fernsehsender ist.

Die Sendung hat einen richtigen Vorspann mit so hüpfenden Sternchen und Herzchen, und Mama sieht total hübsch aus auf dem Bildschirm.

Heute hat sie *künstliche Wimpern* getestet.

Dabei hat sie festgestellt, dass die längsten der Wimpern, die sie ausprobiert hat, aus total schlechtem Material waren.

Sie hat mit den Augen geklimpert, und die Wimpern haben mitgeklimpert und dabei ziemlich doof ausgesehen.

sie hat daran gezogen, und ihre Augenlider sind immer länger geworden,

Die Jungs haben gelacht, **HAHAHAHA!**

aber Cheyenne war ganz still.

Das fand ich komisch, bis ich gesehen hab, dass sie nur auf ihr Smartphone  geschaut hat.

He! Meine Mama ist im Fernsehen, ja? hab ich empört gerufen.

Ich guck ja bloß Shelleys Schönheitssalon. Nur so zum Vergleich. Shelley hat nämlich auch gerade Wimpern getestet

hat sich Cheyenne verteidigt.

Hrmpf  hab ich nur gemacht.

Weil diese **dämliche Shelley** so einen **WeTube**-Kanal hat, den Cheyenne momentan **TOTAL TOLL** findet

und ständig gucken muss.

Was ich echt DOOF finde.

Als sich Paul und Rémi später verabschiedet haben, hat Paul Mama die Hand gegeben.

Ich finde, das haben Sie richtig gut gemacht, hat er voll höflich zu ihr gesagt.

Vielen Dank, Paul! Mama hat ihn angelächelt.

Ja, Sie wunderschön falsche Augen, hat Rémi bestätigt.

Und dann sind sie nach Hause gegangen.

Cheyenne hat ihnen aus dem Küchenfenster hinterhergeguckt.

Ich glaub, deine Mama braucht auch dringend einen **WeTube**-Kanal, weil junge Leute ja viel mehr **WeTube** gucken als Fernsehen. Dann könnte sie auch eine richtige Influencerin werden, so wie Shelley

hat sie dann zu mir gesagt.

Ich hab nicht geantwortet, weil ich keine Ahnung hatte, was eine Influenzarin sein soll.

Aber abends hab ich es gegoogelt. Schließlich besitze ich ja seit meinem letzten Geburtstag auch ein Smartphone, **ha!**

Allerdings heißt Influenza

GRIPPE.

Und der Virus davon sieht voll **EKLIG** aus.

FREITAG, DER 28. AUGUST

Heute sind **Jakob und Simon**
auf der **Günter-Graus-Gesamtschule**
eingeschult worden.

Natürlich waren sie total **zappelig**, aber ich fand das auch ganz schön aufregend.

Deshalb sind Cheyenne und ich in der ersten großen Pause zur Aula gelaufen, in der die Feier stattgefunden hat, um ein bisschen zu lauschen. Wir waren gerade rechtzeitig dort, um zu sehen, dass meine **Brüder** in die 5b gekommen sind, so wie wir vor zwei Jahren.

Und genau wie wir haben sie **Frau Kackert** als Klassenlehrerin bekommen. →

Cheyenne hat gekichert wie irre, aber mir haben Jakob und Simon wirklich ein bisschen leidgetan.

Etwas später dann hab ich aber auch gekichert. Und zwar als Cheyenne mich nach der Pause gefragt hat, ob wir jetzt wieder Herrn Pelzich haben. 

Wir hatten. Und wir waren diesmal echt gut vorbereitet. Denn verrückterweise ging es in Herrn Fellichs Stunde um **WeTube**-Kanäle und so was, also genau um die Sachen, über die Cheyenne und ich erst gestern gesprochen hatten.

Ich hab mich schnell gemeldet und erzählt, dass meine Mutter sogar eine eigene Fernsehsendung hat.

SABINES WELT. Auf Channel 987.

Da haben mich alle ungläubig angeguckt.

Doch dann hat sich Berenike zu mir umgedreht und mich so spöttisch angegrinst.

Channel 987. Echt jetzt, Lotta? hat sie gesagt. Und Emma hat voll fies gelacht.

Da ist mir ganz **KOMISCH** im Bauch geworden. So **klumpig**, dass ich gar nicht mehr weiterreden konnte.

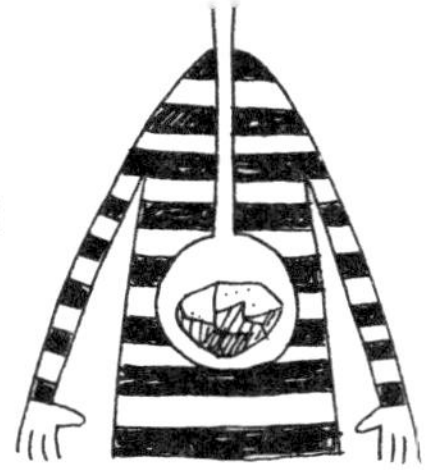

Deshalb war ich total dankbar, dass Rémi die beiden etwas verächtlich angeguckt hat.

Maman von Lothar sieht sehr schön in Fernsehen. Aber euch nischt! hat er ihnen erklärt.

pok-pok-poooooook pok-pok-pok-pok-pok pok-poooooook-pok pok-pok-poooooook pok-pok-pok

Da haben die **LÄMMER-GIRLS** allerdings nur noch blöder rumgegackert als vorher, und ich war froh darüber, dass Rémi nicht auch noch was über falsche Augen gesagt hat.

Herr Fellich wollte noch ein bisschen mehr über Mamas Sendung wissen, und ich hab ihm alles Mögliche erzählt. Er hat auch ganz freundlich genickt, aber einige aus der Klasse haben die ganze Zeit gekichert. pok-pok-poooooook

Lacht nicht so blöd! Lottas Mama ist voll die Influencerin. Davon habt ihr bloß keine Ahnung!

hat Cheyenne irgendwann gerufen.

Und da war ich auch ihr sehr dankbar.

Anschließend haben wir über **WeTube** gesprochen.

Wer von euch hat denn einen **WeTube**-Kanal? hat Herr Fellich gefragt,

und da haben sich die **Rocker** gemeldet.

Alle vier.

Also, das kommt ja eher selten vor, dass die sich als Einzige in der ganzen Klasse melden!

Wir haben einen Let's-Play-Kanal! Da spielen wir Computerspiele hat Maurice erklärt.

Und dabei filmen wir das, was wir machen, und kommentieren und so ...

hat Finn ergänzt.

... und schreien! LOOOL!

hat Timo schnell dazwischengeschrien.

Und dann laden wir das bei **WeTube** hoch.

Das war Benni, der ja sonst meistens nichts sagt.

„Klingt interessant", hat Herr Fellich gemeint und an seinem Bart gezogen.

„Nur leider muss ich euch sagen, dass ihr das noch gar nicht dürft. Ihr seid zu jung für einen **WeTube**-Kanal."

„Hey!", hat sich Maurice beschwert.

„Grizzl! Grizzl!", hat Finn gezischt, und Timo hat gekichert.

Und dann hat Herr Fellich uns noch ein paar andere Regeln erklärt, die man beachten muss, wenn man im Internet Videos und Bilder hochladen will.

Zum Beispiel, dass man dazu nicht einfach jede Musik verwenden darf, weil man nicht das Recht dazu hat.

Oder dass man Leute fragen muss, bevor man Bilder von ihnen veröffentlicht.

Und deshalb üben wir das Ganze erst mal auf unserer Schulplattform **SchoolTube**

hat er dann gesagt, bevor er uns erklärt hat, dass man für einen Videokanal zunächst mal eine **kreative Idee** braucht.

Irgendwas ganz Neues, etwas, was euch interessiert und begeistert. Und von dem ihr wirklich Ahnung habt.

Er hat voll motiviert mit den Händen gewedelt.

Nur dann habt ihr auch eine Chance auf Erfolg. Auf eine große Reichweite, meine ich. Denn Kanäle gibt es mittlerweile wie Sand am Meer.

Erfolg?

Jetzt hat Cheyenne aufgeschaut.

Klar! Was meinst du, wie viel Geld erfolgreiche **WeTuber** verdienen?

hat Maurice gerufen.

Da ist Cheyenne ganz **hibbelig** geworden und konnte gar nicht mehr still sitzen.

Und als wir die Aufgabe bekommen haben, uns einen Namen für einen eigenen Kanal zu überlegen, hat sie mir als Erstes Cheyennes Schönheitstipps vorgeschlagen.

Das war ja echt mal wieder typisch!

Da mach ich aber nicht mit. Dann mach ich eben allein einen Kanal auf. Und zwar einen mit Tierschutz.

hab ich ihr gleich erklärt und sie böse angeguckt.

Die Idee fand Cheyenne zum Glück auch gut.

Ungefähr fünf Minuten später hat Herr Fellich dann unsere Vorschläge an die Tafel geschrieben:

Reich und schön hat Herr Fellich gesagt und sich zu Berenike umgedreht.

So mit hochgezogener Augenbraue.

Etwas, von dem ihr wirklich Ahnung habt

hat Berenike seine Worte wiederholt und dabei nicht mal mit der Wimper gezuckt.

Hahaha! HAHAHAHA!

Da haben alle gelacht, aber ich fand Berenike auch ein bisschen **mutig**.

Als Hausaufgabe hat Herr Fellich uns aufgegeben zu überlegen, wie die erste Folge unseres Kanals aussehen könnte, und aufzuschreiben, wie wir sie umsetzen würden.

Aber wenn ihr möchtet und ein Smartphone zur Verfügung habt, dann könnt ihr auch schon filmen. Wobei wir Filmschnitt und technische Details erst in der nächsten Stunde behandeln

hat Herr Fellich erklärt und gegrinst, so durch seinen Bart.

Aber falls ihr einen Kanal einrichten wollt, denkt daran: Nur bei **SchoolTube**. Alles andere werde ich ignorieren.

Mann, ey! SchoolTube ist voll was für Loser! hat Timo geschrien.

Nein hat Herr Fellich gesagt. Für Leute, die zur **Günter-Graus-Gesamtschule** gehen.

Und dann hatten wir Pause.

Ich habe schon ganz viele gute Ideen für unseren Schach-Kanal hat Paul mit leuchtenden Augen erklärt, als wir uns auf dem Schulhof getroffen haben.

Die erste Folge wird *Tausend geniale Schachzüge, Teil eins: die Aljechin-Verteidigung* hei…

Ich hab auch schon eine gute Idee! hab ich ihn schnell unterbrochen.

Und zwar weil ich sowieso keine Ahnung hatte, wovon er geredet hat.

Bei der Vorstellung ist mir ganz gluckerig im Bauch geworden.

ANTON ist nämlich mein allerliebster LIEBLINGSHUND, und es ist sooooooo SCHRECKLICH, dass er im Tierheim leben muss!

hat Cheyenne mich erinnert.

Aber verstehst du denn nicht? Wenn das **unsere Hausaufgabe** ist – dann müssen Mama und Papa es doch einfach erlauben!

hab ich aufgeregt gerufen.

Aber da hat Cheyenne ziemlich zweifelnd geguckt und Paul auch. Dabei passiert das ja eher selten, dass die beiden mal einer Meinung sind.

Nur Rémi hat mir eine Hand auf die Schulter gelegt.

Sischerlisch du retten Anton reich und schön

hat er so tröstend gesagt. Das fand ich ja echt lieb ♡ von ihm.

Und ehrlich gesagt, bin ich ziemlich froh darüber, dass er nicht mehr mit Emma zusammen ist.

Obwohl ich befürchte, dass Cheyenne und Paul recht haben, was meine Eltern betrifft.

FREITAG, DER 28. AUGUST. Nachmittags.

Mittags haben Cheyenne und ich Kalle von ihrer Omaramona abgeholt.

Dort wohnt er nämlich, weil bei Cheyenne zu Hause nicht genug Platz für einen Hund ist.

Danach sind wir zu mir gelaufen. Natürlich, um zusammen unsere Hausaufgaben zu machen.

Aber erst mal haben wir noch ein paar gesunde **BIO**-Vollkorn-Knusperflocken mit ganz viel  Zucker gegessen.

Mama hatte nämlich nichts gekocht, weil wir heute Abend mit der ganzen Familie essen gehen wollten. Schließlich war ja heute Jakobs und Simons erster Tag an der **Günter-Graus-Gesamtschule.**

 **Leider hat der ihnen gar nicht gut gefallen.**

Deshalb haben die beiden mal wieder an Mama geklebt und sich die ganze Zeit nur über Frau Kackert beschwert.

Die spinnt total! hat Simon gejammert und dabei ganz entrüstet ausgesehen. Die hat uns einfach eine gaaanz lange Strafarbeit aufgegeben! Dabei haben wir gar nichts gemacht!

Na, irgendeinen Grund wird sie wohl gehabt haben. Mama hat ein bisschen genervt die Augen verdreht.

Nein, hat sie nicht! Die ist einfach nur voll gemein! hat Jakob geschrien.

Genau! Jakob hat bloß gesagt: Fiesela Beknackert …

… hat's verkackert.

Beide Jungs haben Mama total empört angeguckt.

Die Einzigen, die was verkackt haben, seid ihr. Und zwar für die nächsten zwei Jahre

hat Cheyenne gekichert.

Das fand ich ein bisschen fies von ihr. Schließlich hatten meine **BrüDer** ja recht. Deshalb hab ich versucht, ihnen zu helfen.

„Am besten, ihr haltet den Mund, solange Frau Kackert in der Nähe ist", hab ich geraunt.

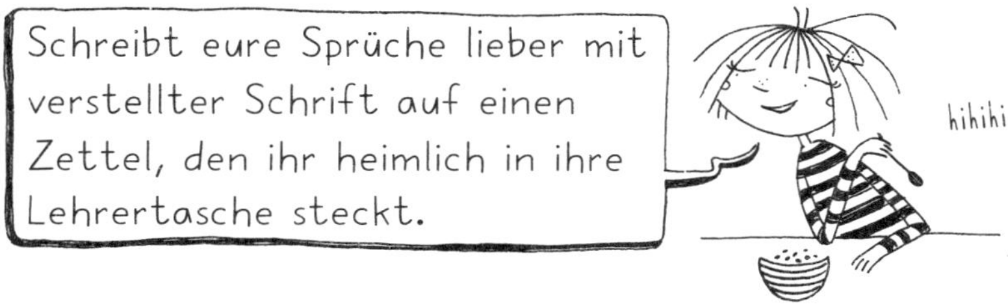

Da musste Cheyenne schon wieder kichern.

Sogar Mama hat gegrinst, mir aber trotzdem mit dem Finger gedroht.

Ich habe ihr zugewunken, bevor ich dann zusammen mit Cheyenne und Kalle in mein Zimmer gegangen bin, um zu überlegen, wie wir Anton retten können.

Und auch andere Tiere.

Doch je länger wir darüber nachgedacht haben, desto weniger **Ideen** hatten wir.

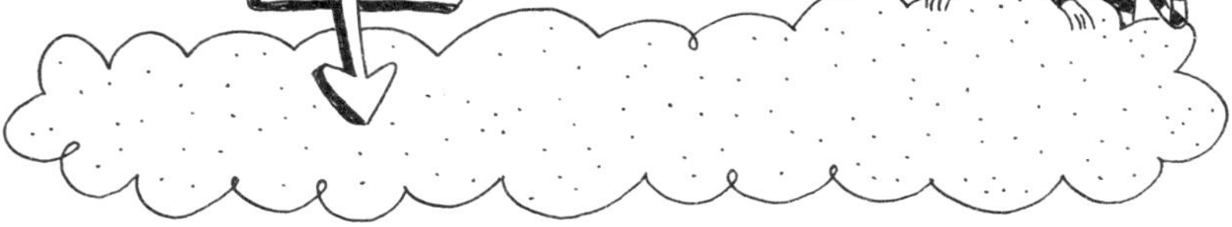

Weil wir nämlich nicht wussten, <u>wie</u> wir das machen sollten, **TIERE RETTEN.**

Wenn wir nicht mal **ANTON**
aus dem Tierheim befreien können,
weil ich sowieso keinen Hund haben darf …,
wie sollen wir dann **Taku**,
den Wal aus England, retten?

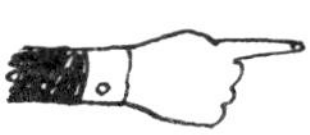

Oder irgendwelche Tiere,
die VOM AUSSTERBEN BEDROHT sind?

Voll blöd, dass wir erst zwölf sind

hat Cheyenne irgendwann gemurrt und Helga, das Kampfschaf, mit meiner Blockflöte gehauen.

He, lass das

hab ich gesagt und ihr die Flöte weggenommen.

Auch wenn Helga nur ein Plüschtier ist: **Ich mag es trotzdem nicht, wenn Tiere gehauen werden.**

Und dann hab ich Cheyenne vorgeschlagen, dass wir erst mal die neue Folge von **SABINES WELT** im Fernsehen angucken. Damit war sie einverstanden.

Wir sind aus meinem Zimmer raus- und dann die Treppe runtergelaufen. Vor der Wohnzimmertür ist Cheyenne leider über Heesters gestolpert, unsere Schildkröte.

Sie ist auf beide Knie gefallen, und anschließend war sie erst mal **stinkig**.

Da musste ich kichern, auch wenn mir Heesters natürlich ein bisschen leidgetan hat.

Mama hat heute in ihrer Sendung Schweizer Taschenschminker getestet.

Die passen in jede Handtasche, und man hat alles in einem und immer dabei:

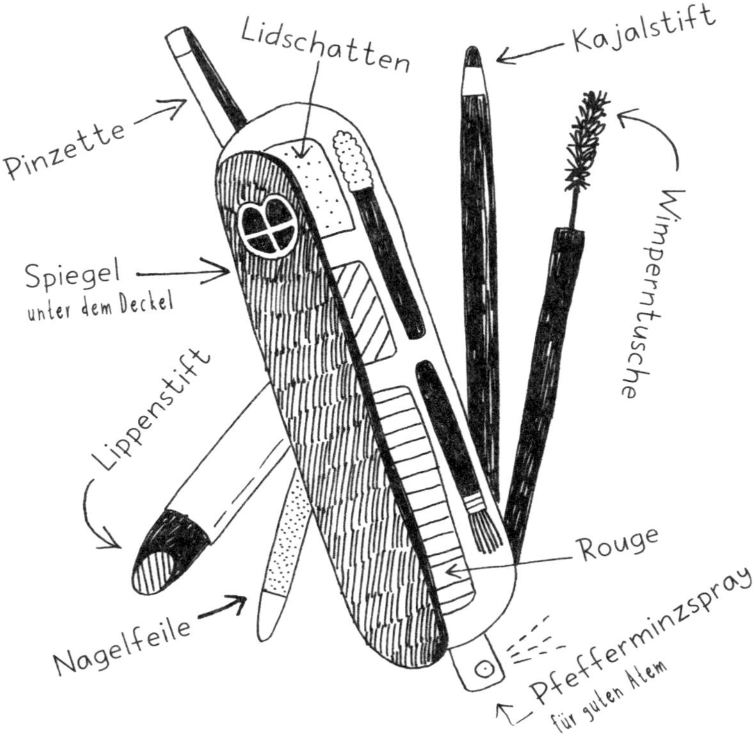

Cool! hat Cheyenne gehaucht. Darf deine Mama die Sachen eigentlich behalten, die sie testet?

Ich hab den Kopf geschüttelt.

Noch immer hat Cheyenne Mama hingerissen angestarrt und währenddessen Kalle gestreichelt, der auf ihrem Schoß lag, so mit geschlossenen Augen.

Dabei fand ich die Sendung heute eher langweilig. Und zwar weil ich mich nicht besonders fürs Schminken interessiere.

hat Mama gerade im Fernsehen gesagt, und dann hat sie sich mit einem Tuch den Mund abgewischt.

Ich hab überlegt, ob ich die Sendung vielleicht mit meiner Blockflöte **beschwören** sollte, damit es mal ein bisschen spannender wird.

Meine Blockflöte ist ja **indisch**, und man kann damit alles Mögliche **beschwören**.

Aber dann ist mir plötzlich voll was **Gutes** eingefallen, und ich bin ganz aufgeregt vom Sofa gesprungen.

Cheyenne hat immer noch auf den Fernseher gestarrt. „Ey, du stehst im Bild …"

SchoolTube, hat Cheyenne mich verbessert und mit den Augen gerollt.

Aber dann hat sie endlich hochgeguckt und sogar ein bisschen neugierig ausgesehen. Was denn für einen?

Eigentlich wollte ich es noch ein bisschen spannend machen, aber dann ist es einfach aus mir rausgeplatzt:

Cheyenne ist auch aufgesprungen und Kalle gleich mit. „Obwohl so ein Schweizer Taschenschminker ja auch voll der Hammer ist ..."

„Wir haben aber keinen da", hab ich schnell gesagt, und darüber war ich echt froh. 

 Sonst hätte Cheyenne den bestimmt sofort ausprobieren wollen.

Wir müssen Sachen testen, die wir schon bei uns zu Hause haben. Sonst wird das zu teuer, wenn wir die erst kaufen müssen.

Hm hat Cheyenne gesagt und wieder auf den Bildschirm geguckt.

Gerade hat Mama die Augen zusammengekniffen und blind nach einem Taschentuch getastet.

Aua! Ich habe Pfefferminzspray im Auge! Kann mir bitte mal jemand helfen? Das brennt so …

Dann hat Cheyenne wieder mich angeguckt.

Und was machen wir mit den Tieren? hat sie gefragt.

Also, das wusste ich auch nicht. Deshalb war es einen Moment lang ganz still.

Nur Mama im Fernseher hat gerufen.

hab ich dann so murmelig gesagt.

hat Cheyenne geschimpft.

Und dann haben wir den Fernseher ausgemacht

und angefangen, im Haus nach Dingen zu suchen, die wir testen können.

SAMSTAG, DER 29. AUGUST

Letzte Nacht ist was **TOLLES** passiert.

Ich bin von einem kratzenden Geräusch aufgewacht und hab kurz überlegt,

ob das wohl Heesters ist

oder ein Einbrecher,

als ich plötzlich einen Geistesblitz hatte!

Mein Einfall war so gut, dass ich Cheyenne gleich morgens um halb acht anrufen musste, um ihr zu sagen, dass sie sofort zu mir kommen soll.

Mann, du spinnst wohl ...
Es ist mitten in der Nacht ...

hat sie genuschelt und sich total verschlafen angehört.

Da hab ich ihr erzählt, dass mir eine Lösung eingefallen ist, wie wir die **Tiere retten** können.

Dass ich **jetzt** voll den **guten PLAN** hab!

Ich komm nachher vorbei. Mittags oder so. hat sie gegrummelt.

Und berühmt werden wir dabei auch noch hab ich gesagt.

Da ist sie dann doch sofort losgelaufen. Nicht mal Kalle hat sie bei Omaramona abgeholt.

Wehe, dein Plan ist nicht gut hat sie mich wenig später begrüßt.

Klar ist der gut. Der ist sogar genial hab ich gesagt.

Und dann sind wir in den Garten gegangen.

Weil heute zur Abwechslung mal wieder die Sonne schien.

Dort hab ich Cheyenne endlich erzählt, was mir letzte Nacht eingefallen ist:

Kannst du dich noch an das schwedische Mädchen erinnern, von dem Paul erzählt hat? **So was machen wir auch. Schulstreik** – bloß eben nicht fürs Klima, sondern für die **Tiere**.

Cheyenne hat mich angestarrt.

Dann ist ihr so langsam ein Licht aufgegangen.

Cool hat sie gehaucht.

Jeden Freitag schwänzen wir, äh, streiken wir für Tiere!

Nee. Jeden Dienstag.

Wieso? Cheyenne hat verwirrt mit den Augen  geblinkert.

Ich hab gegrinst. Weil wir dienstags Physik haben. Und eine Doppelstunde Deutsch bei Frau Kackert.

Cool hat Cheyenne noch mal gehaucht.

Gleich danach haben wir große Pappen gesucht. Natürlich um **Plakate** zu basteln.

Zum Glück hatte Mama gerade einen neuen **Solar-Outdoor-Wäschetrockner** gekauft, und der Karton stand noch in unserem Gartenschuppen.

Cheyenne und ich haben ihn in mein Zimmer getragen, ohne dass Mama und Papa es gemerkt haben. Und das war auch besser so:

Die hätten nämlich bestimmt was dagegen gehabt, dass Cheyenne und ich uns so für den Tierschutz einsetzen. Und zwar weil Eltern Schule grundsätzlich notwendiger finden als die wirklich WICHTIGEN SACHEN im Leben.

Wir haben den Karton auseinandergeschnitten 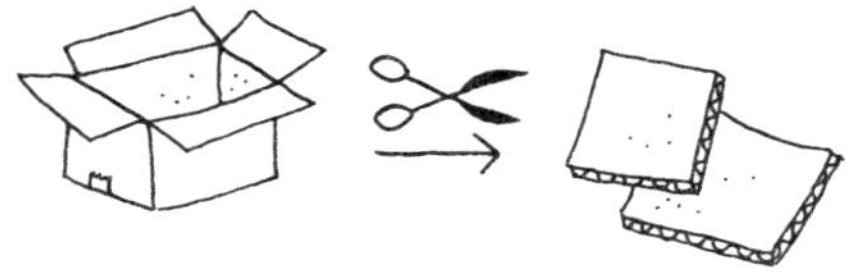

und dann mit dicken Filzstiften  unsere Forderungen auf die Rückseiten geschrieben:

Das sieht ja schon mal gut aus

hat Cheyenne zufrieden gesagt, als wir fertig waren, und das fand ich auch.

Und weil wir gerade so viel Lust auf Tierschutz hatten, sind wir anschließend zum **TIERHEIM** gelaufen, um meinen schwarzen Lieblingshund **Anton** abzuholen.

Auf dem Weg haben wir natürlich auch noch **Kalle** bei Omaramona eingesammelt.

Dann sind wir mit den beiden spazieren gegangen. Das war echt schön, und Anton hat sich total darüber **GEFREUT**, dass er mit uns zusammen ein bisschen durch die Sonne laufen konnte.

Aber als ich ihn wieder zurückbringen musste, war es wie immer ziemlich **TRAURIG.**

Irgendwann rette ich dich, mein Süßer hab ich Anton versprochen, als ich ihn in seinen Käfig gebracht und zum letzten Mal für heute geknuddelt hab.

Großes Hunde-Ehrenwort!

Da hat Anton ein bisschen gefiept. Und zwar weil er mich bestimmt auch jedes Mal vermisst, wenn ich wieder losmuss.

Als ich dann später zu Hause war, hat Mama auch was vermisst. Und zwar den Karton von ihrem **Solar-Outdoor-Wäschetrockner.** Den wollte sie nämlich wieder an die Firma zurückschicken, weil sie festgestellt hat, dass man Wäsche auch einfach auf die Leine im Garten hängen kann, wenn die Sonne scheint.

Oh Mann, Mama!

SONNTAG, DER 30. AUGUST

Obwohl wir jetzt endlich wissen, wie wir Tiere retten können, wollen wir für unseren Videokanal trotzdem Produkte testen. Weil wir ja sonst immer nur dienstags nach dem **Schulstreik** einen Film hochladen können.
Und das ist zu selten.

Also haben wir uns für heute verabredet, um unser **erstes Video** zu drehen.

Dafür hatten wir schon alle **Schlüsselanhänger** zusammengesammelt, die wir im Haus haben.
Das waren ganz schön viele.

Doch als Cheyenne ungefähr um zwei Uhr bei mir vorbeigekommen ist, hatte sie Rocco dabei, ihren kleinen Halbbruder.

Ich muss den heute babysitten.
Das hatte ich total vergessen

hat sie voll grummelig gesagt.
Ein bisschen unzufrieden hat sie auf Rocco runtergeguckt.

Der lag in seinem Buggy und hat geschlafen.

Jessica hat mir Badesachen für ihn mitgegeben. Weil das Wetter so schön ist.

Und da hab ich auch meine Badesachen zusammengepackt, und wir sind ins Freibad gegangen.

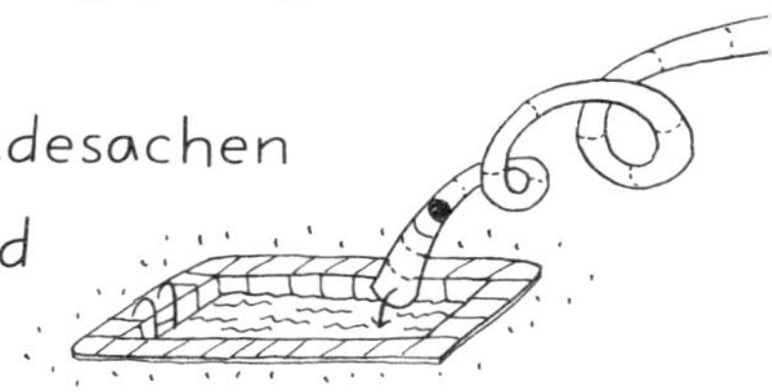

Auf dem Weg hatte Cheyenne voll die schlechte Laune. Natürlich wegen Rocco. Aber auch, weil sie es ziemlich langweilig fand, Schlüsselanhänger zu testen.

Ein Schweizer Taschenschminker ist viel cooler.

Da hab ich sie daran erinnert, dass wir den aber nicht haben.

Und außerdem ist es echt gut, dass wir unsere Schlüsselanhänger im Freibad testen. Weil ich so einen Fischanhänger gefunden hab, der schwimmen kann, und alle anderen gehen unter.

Cheyenne war trotzdem noch grummelig.

Als wir im Freibad angekommen sind, war Rocco wieder wach. Natürlich wollte er sofort ins Wasser, aber natürlich mussten wir erst mal seine Schwimmflügel  und seinen Gummihai aufpusten. Und das hat ziemlich lange gedauert, weil Rocco **geschrien** und um sich geschlagen hat.

Naaaaain! Maaann! Docco Waffa!

Unartiger Rocco!

hat Cheyenne geschimpft,

und da hat Rocco an ihrem Ohrring gezogen, und sie hat gekreischt.

Wenn Rocco in der Nähe ist, wird es leider immer ziemlich laut.

Aber irgendwann hat er dann im Babybecken geplanscht und mit seinem Hai gespielt und zufrieden vor sich hin gebrabbelt.

Und da konnte ich endlich meine **SCHLÜSSEL-ANHÄNGER** auspacken. Ich hatte fünf Stück mitgebracht:

- einen winzigen **ZAUBERWÜRFEL**

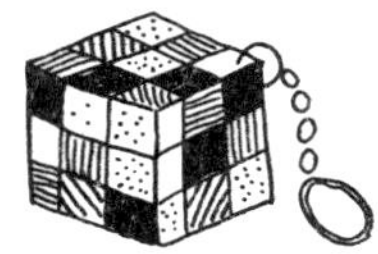

- ein **AUTO**, auf dem Autohaus Dümpel stand

- einen **DONALD DUCK**, dem ein Arm fehlte

- eine **TRILLERPFEIFE** aus Metall

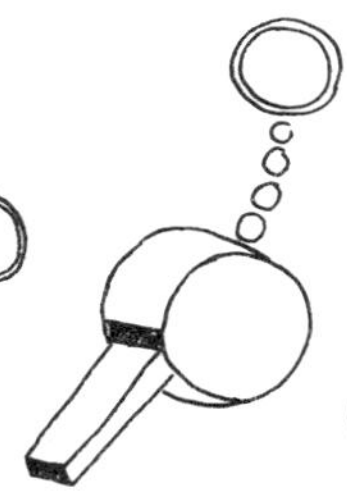

- einen ziemlich großen **FISCH**, der schwimmen kann und sogar im Dunklen leuchtet

Allerdings hatte Cheyenne gerade ihr Smart-phone aus der Tasche geholt, um loszufilmen, als wir **GESCHREI** im Babybecken gehört haben.

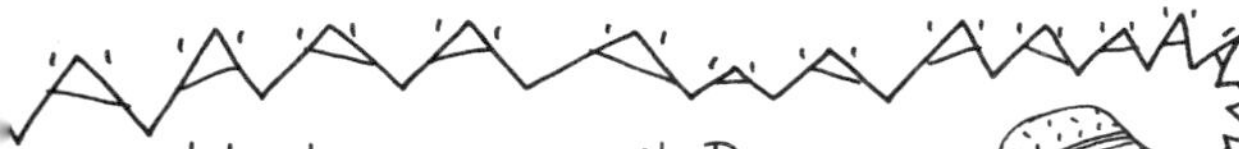

Und zwar weil Rocco einem anderen Kind die Wasserpistole weggenommen hatte.

Mann, ey, der macht mich echt wahnsinnig

hat Cheyenne gestöhnt.

Wenn wir wegen Rocco unsere Hausaufgaben nicht schaffen und 'ne schlechte Note kriegen, dann sind Papi und Jessica  dran schuld. Weil die Rocco voll schlecht erzogen haben.

Sie ist durchs Wasser zu ihrem kleinen Bruder gewatet

und hat ihm die Pistole weggenommen.

Danach hat Rocco natürlich wieder **gebrüllt**.

Cheyenne und ich haben trotzdem mit unserem **Video** angefangen. Sie hat mit ihrem Handy gefilmt, und ich hab den kleinen **ZAUBERWÜRFEL** hochgehalten.

Dieser Zauberwürfel ist zwar hübsch, und man kann richtig dran drehen ...

hab ich dann erklärt, genau wie Mama es immer macht,

... aber wenn er im Urlaub ins Meer fällt, dann gluckert er sofort unter. Und dann sind Ihre ganzen Schlüssel futsch. Alle weg.

An der Stelle hab ich ihn ins Babybecken fallen lassen.

Leider musste ich ihn anschließend noch ein bisschen unter Wasser drücken. Und zwar weil er doch nicht von alleine untergegangen ist.

Habn! HABN!

hat Rocco im selben Moment gerufen und sich so von der Seite ins Bild gedrängelt.

Und dann hat er einfach den **ZAUBERWÜRFEL** aus dem Wasser gefischt und in seinen Mund gestopft.

Mann, Rocco! Du hast doch so einen schönen Hai. Spiel doch mit dem! hab ich geschimpft.

Egal, wir machen weiter.

Cheyenne hat mich ein Stück von Rocco weggezogen, und dann hat sie mir zugenickt und weitergefilmt.

Schnell hab ich das **AUTO** vor die Kamera gehalten.

Besteht dieser Schlüsselanhänger den ultimativen Urlaubstest? Nein, auch hier sind Ihre Schlüssel für immer verloren, Ihre Ferien sind versaut.

Leider hat Cheyenne währenddessen den Schlüsselanhänger gefilmt.

Und der konnte auch schwimmen.

Gaaaaah! hat Rocco in diesem Moment geschrien,

und da mussten wir ihm schnell den **ZAUBERWÜRFEL** aus dem Mund ziehen.

Weil er sich nämlich fast daran verschluckt hätte.

Zum Glück nur fast.

Du sollst ja auch nicht alles essen, kleiner Rocco hab ich ihm erklärt.

Schließlich muss er das mal lernen. Und seine Eltern kennen sich wahrscheinlich nicht so gut mit kleinen Kindern aus wie Cheyenne und ich. Sonst hätten sie ihm das ja schon mal beigebracht.

Wir essen lieber nachher ein Eis.

Da ist Rocco ganz aufgeregt geworden. „Eis!", hat er gerufen und voll mit den Armen gezappelt. Docco Eis!

hab ich gesagt.

hat er geschrien.

Und dann hat er sich strampelnd ins Baby-becken geworfen

und Wasser in den Mund und in die Nase gekriegt und noch viel lauter gebrüllt.

Da hat Cheyenne mich **böse** angeguckt.  Dabei kann ich ja wirklich nichts dafür, dass Rocco so schlecht erzogen ist.

Anschließend haben wir ihm erst mal ein Eis gekauft, damit er Ruhe gibt.

Eins, das aussah wie ein Stück **KÄSE**, aber aus Vanille bestand.

Als wir dann endlich wieder beim Babybecken angekommen sind, haben wir schnell weitergefilmt, solange Rocco abgelenkt war.

Doch leider konnte auch **DONALD DUCK** schwimmen.

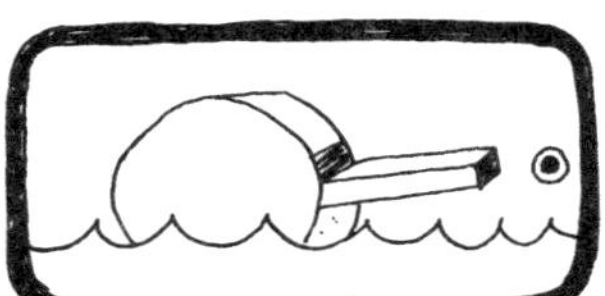

Und komischerweise sogar die **TRILLERPFEIFE** aus Metall.

Du hättest da ganz viele Schlüssel dranmachen müssen, sonst gluckern die Dinger nicht unter, ist doch total klar, ey!

hat Cheyenne mir etwas genervt erklärt. Da wär ich fast ein bisschen stinkig geworden, aber bevor ich antworten konnte ...

... hat Rocco schon wieder angefangen zu schreien.

Und zwar weil er gesehen hat, dass ein kleines Mädchen mit **seinem** Hai gespielt hat.

Er ist vom Beckenrand aufgesprungen und hat gezittert vor Wut,

Cheyenne ist schnell durchs Babybecken gelaufen, um den Gummihai zu holen.

Danach hat auch das kleine Mädchen geheult,

aber Rocco hat sich nicht mehr für seinen Hai interessiert. 
Stattdessen hat er sein Eis gesucht.

Und wir haben uns beeilt, um unser **Video** zu beenden. Denn jetzt kam ja noch

⇨ **DER BESTE SCHLÜSSELANHÄNGER**
von allen!

„Dieser **FISCH** ist eindeutig unser Testsieger", hab ich behauptet und damit vor Cheyennes Handykamera rumgewedelt.

Denn er kann nicht nur schwimmen, nein, er leuchtet sogar im Dunkeln.

Haaabn! hat Rocco gerufen und seine Hände danach ausgestreckt. Ich hab mich ein bisschen von ihm weggedreht.

Wenn Sie nachts Urlaub am Meer machen, können Sie nie wieder Ihre Schlüssel verlieren. Schauen Sie mal.

Mit Schwung hab ich den **FISCH** ins Wasser geworfen, und natürlich hat sich Rocco sofort darauf gestürzt wie ein kleiner Hund.

Dann hat er ihn sich in den Mund gesteckt und angefangen zu kauen.

hat Cheyenne aufgeheult.

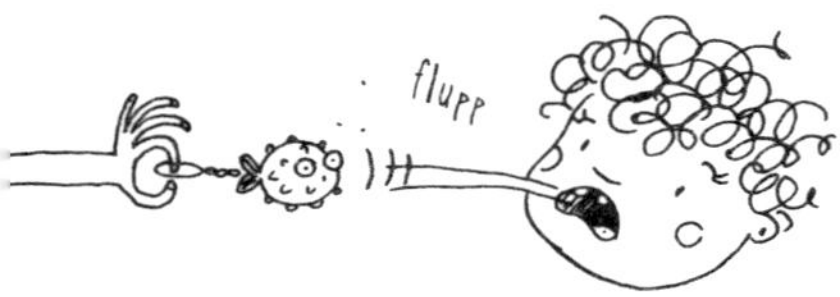

Schnell hab ich ihm den Schlüsselanhänger wieder aus dem Mund gerissen, damit er ihn nicht völlig zerbeißt. Weil der **FISCH** nämlich aus so einem weichen Material war.

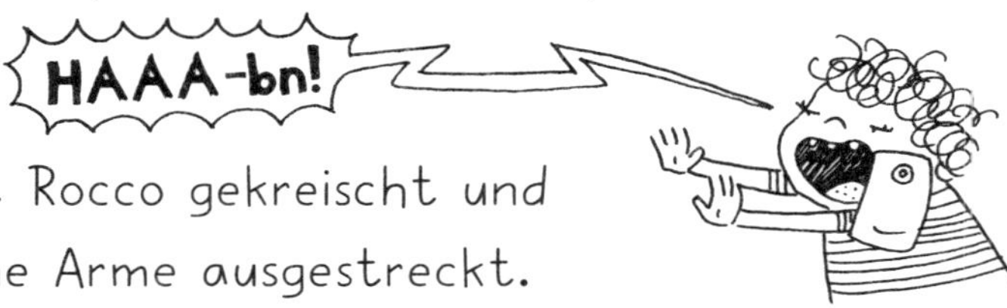

hat Rocco gekreischt und seine Arme ausgestreckt.

Dann hat er wütend mit den Füßen gestampft und mit den Armen um sich geschlagen, dass es nur so gespritzt hat,

bevor er umgekippt und mit dem Gesicht voran ins Wasser gefallen ist.

Natürlich hab ich
ihn sofort gerettet,

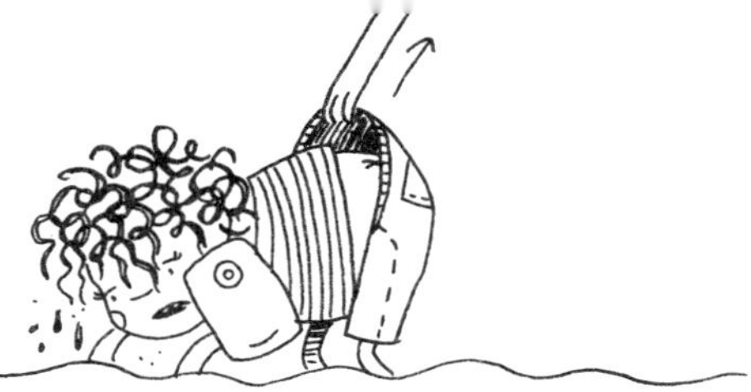

aber er hat trotzdem noch ziemlich lange gebrüllt.

Und da haben wir ihn
abgetrocknet und umgezogen

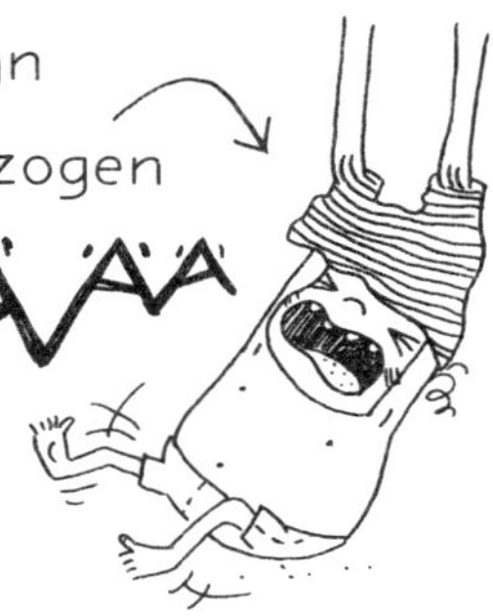

und wieder nach Hause geschoben. Auf dem Weg
haben wir keinen Ton gesagt, Cheyenne und ich.

Wir waren nämlich beide
total stinkig.

Außerdem hat
Rocco immer noch
rumgeschrien.
Und zwar weil er
ein Loch in seinen
Gummihai gebissen
hatte und der jetzt
ganz **SCHLAPP** war.

Nachdem wir Rocco bei seinen Eltern abgeliefert hatten, sind wir zu mir gegangen.

Den Film können wir wohl gleich wieder löschen

hat Cheyenne geknurrt, als wir immer noch schlecht gelaunt in unserer Küche saßen und ein Eis gegessen haben, weil wir im Freibad ja gar nicht mehr dazu gekommen waren.

Doch Mama war auch da, und ich glaub, sie wollte uns ein bisschen trösten.

Sollen wir uns die Aufnahmen nicht erst einmal anschauen? Vielleicht ist ja doch etwas dabei. Passt auf, wir schließen dein Handy an den Fernseher an, Cheyenne, und dann gucken wir mal zusammen

hat sie vorgeschlagen.

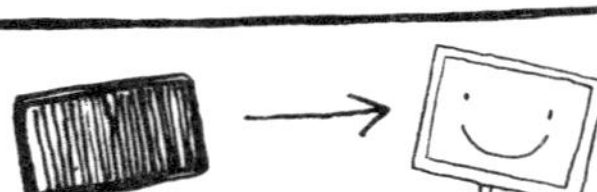

Das war ja echt lieb von Mama, fand ich!

Wir sind zusammen ins Wohnzimmer gegangen, wo sich meine **Blödbrüder** gerade auf dem Sofa gewälzt haben.

Dabei haben sie mal wieder voll rumgejammert, weil morgen ja Montag ist und sie zur Schule müssen. Blöde Frau Kackert!

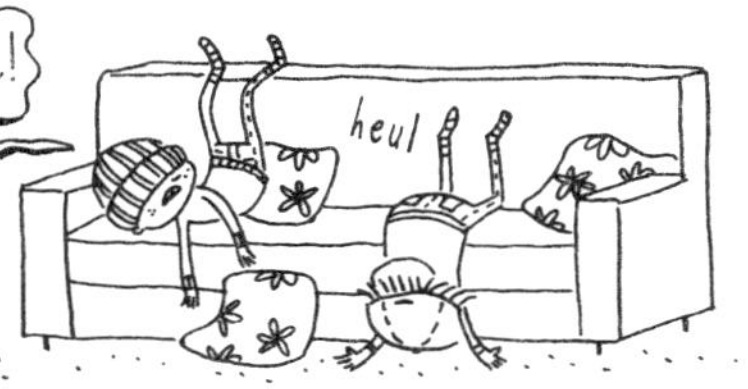

Benehmt euch, dann habt ihr auch keine Probleme mit eurer Lehrerin hat Papa gesagt, der gerade zur Terrassentür reingekommen ist mit der Zeitung von gestern unterm Arm.

Cheyenne hat mit Mama zusammen ihr Smartphone an den Fernseher angeschlossen, und dann haben wir alle unseren Film angeguckt:

Nichts hat geklappt, Rocco hat ständig geschrien, und andauernd war irgendein Körperteil von ihm im Bild zu sehen. Immer wieder ist er umgekippt und hat gebrüllt, und **keiner** der Schlüsselanhänger ist untergegangen.

Die Jungs haben aufgehört rumzujammern und sind grölend vom Sofa gerutscht, Mama hat gekichert wie verrückt, und selbst Papa, der ja meistens ziemlich grummelig ist, konnte sich kaum einkriegen vor Lachen.

Den müsst ihr unbedingt genau so veröffentlichen, ohne etwas zu schneiden oder zu ändern. Der ist ja noch viel besser als meine ganze Sendung!

hat Mama gegluckst, als der Film zu Ende war.

Und dann durften wir an Papas Computer, und er hat uns sogar dabei geholfen, alles bei **SchoolTube** hochzuladen.

Das war ganz schön spannend.

Anschließend waren wir ziemlich stolz auf uns:

Der erste Film unseres neuen Kanals **DIE PHÄNOMENTASTISCHEN PRODUKTTESTER** war fertig.

Und er war total lustig geworden!

MONTAG, DER 31. AUGUST

bring bring bring bring bring bring bringbriiiiiiiiiiing briiiiiiiiiiiiiiiiiiiiiiiiiii

Heute Morgen vor der Schule hat Cheyenne bei uns Sturm geklingelt. Und zwar weil sie total **aufgeregt** war. Sie hat mit ihrem Smartphone herumgewedelt und begeistert gequiekt.

Wir haben schon fast vierzig **DAUMEN HOCH** für unser Video! Und Berenike hat erst fünf für ihr dämliches *Reich & schön*!

Hihi hab ich gekichert. Und die fünf sind bestimmt von den **LÄMMER-GIRLS**, ihrer Mutter und ihr selbst.

Dann hab ich überlegt.

Vielleicht werden wir ja doch noch reich und berühmt mit unserem Kanal. Wie viele **DAUMEN HOCH** hat denn *Shelley*? Die mit dem Schönheitssalon?

Ungefähr zwei Millionen

hat Cheyenne geantwortet.

Da hab ich erst mal nichts mehr gesagt. Aber diese Shelley ist ja auch schon viel älter als wir. Mindestens siebzehn.

Trotzdem war das alles ganz schön cool!

Deshalb hatten wir es heute auch ziemlich eilig, zur Schule zu kommen und zu Herrn Fellich.

Leider hatten wir vorher noch Geschichte bei Frau Kackert.  Und die hat mich erst mal so komisch angeguckt, nachdem wir uns auf unsere Plätze gesetzt hatten.

Hast du eigentlich noch mehr Geschwister, Lotta?

hat sie mich dann gefragt und dabei so ausgesehen, als ob Geschwister was ganz **SCHLIMMES** wären.

Als ich ihr erklärt hab, dass es außer mir und Jakob und Simon keine anderen Kinder in unserer Familie gibt, hat sie irgendwie ein bisschen erleichtert gewirkt.

In der dritten Stunde hatten wir endlich Unterricht bei Herrn Fellich. Und natürlich haben wir

ihm gleich von unserem **Video** erzählt und wie erfolgreich das ist.

Da hat Herr Fellich gegrinst. Weil er das nämlich schon selbst gemerkt hatte. Und dann durften wir uns zusammen alle Filme von unseren Klassenkameraden angucken, die schon fertig waren.

DIE PHÄNOMENTASTISCHEN PRODUKTTESTER hatten inzwischen bereits **vierundvierzig** DAUMEN HOCH!

Und **alle** aus der Klasse fanden **unser** **Video** HAHAHAHA! total komisch. HA! HA! HA! HA!

Außer Berenike.

Die hat voll **stinkig** geguckt. Und zwar weil ihr Film noch immer nur fünf DAUMEN hatte. HAHA!

Tja, selber schuld, blöde Berenike von Bödecker! Vielleicht solltest du deinen Kanal lieber *Reich & schön & total langweilig* nennen.

Auch das erste **Schach-Video** von Paul und Rémi hatte noch nicht sehr viele DAUMEN HOCH.

Deshalb war Paul ein bisschen aufgeregt, als wir uns nach der Stunde auf dem Schulhof getroffen haben. Er hat voll mit den Augen geblinkert und versucht, sich zu verteidigen.

hab ich ihn da ganz schnell unterbrochen, bevor es zu langweilig wurde. Die Idee war mir gerade erst gekommen. Aber bei einem Streik sind vier Leute bestimmt besser als zwei, hab ich gedacht.

Paul und Rémi haben allerdings erst mal ziemlich verwirrt ausgesehen, und sogar Cheyenne hat etwas zweifelnd geguckt.

Damit kann man sogar berühmt werden, und dann darf man vielleicht sogar mit der Bundeskanzlerin sprechen hab ich deshalb sofort erklärt.

Doch da hat Paul den Kopf geschüttelt und die Arme vor der Brust verschränkt.

Macht ihr das nur deshalb? Um berühmt zu werden? Oder weil ihr Tiere schützen wollt?

Was für eine blöde Frage!

Also echt, da bin ich ja so was von stinkig geworden!

Natürlich um den Tieren zu helfen!
Das ist ja wohl klar, oder?

hab ich geschimpft.

Paul tut immer wer weiß wie schlau,
dabei versteht er manchmal GAR NICHTS!

Ich hab ihn so **böse** angeguckt, dass Rémi sofort versucht hat, mich wieder zu beruhigen. Er hat mir eine Hand auf die Schulter gelegt.

Isch weiß, du bist wohl klar schönste Tiere-Helfer, Lothar. Und Cheyenne auch. Und Frau Bundeskanzlerin

hat er ganz tröstend gesagt.

Da hat Cheyenne losgekichert wie irre, aber ich hab versucht, ernst zu bleiben. hihihihi

Weil Tierschutz einfach zu WICHTIG ist!

Paul will trotzdem nicht mitmachen.
Tja, selbst schuld. Wenn er uns nicht beim Streiken helfen will, dann ... 
dann muss er morgen eben zu Physik gehen!

DIENSTAG, DER 1. SEPTEMBER

Es ist so weit: **Heute ist** der erste Dienstag für den **TIERSCHUTZ!**

Cheyenne ist vor der Schule vorbeigekommen, und wir sind gleich zu unserem Gartenschuppen geschlichen, wo wir die Plakate versteckt hatten.

Dabei waren wir ziemlich **aufgeregt**. Weil wir ja wissen, dass es so was wie Schulpflicht gibt.

Zur Tarnung hatten wir natürlich unsere Rucksäcke dabei. Damit Mama und Papa nichts merken. Eltern sind da ja eher merkwürdig und finden Schule wichtiger als Tierschutz. Und das, **obwohl** doch so viele **Tiere** **VOM AUSSTERBEN BEDROHT** sind!

Mit den großen Plakaten unterm Arm sind wir zur Schule gelaufen, weil wir finden, dass das der beste Ort ist, um für den Tierschutz zu streiken.

Die meisten Schüler haben nämlich keine Ahnung von solchen bedeutenden Themen – und die Lehrer sowieso nicht.

„Bestimmt machen da bald auch total viele andere Leute mit", hab ich Cheyenne erzählt, als wir die **Günter-Graus-Gesamtschule** erreicht haben.

Und dann werden wir berühmt, weil wir ja schließlich damit angefangen haben. Und natürlich, weil wir ganz viele Tiere retten.

Genau. Und dann kommen wir ins Fernsehen!

hat Cheyenne voll zufrieden gesagt.

Anschließend hat sie ihren Rucksack gegen die Schulmauer gelehnt, das erste Schild in die Höhe gehalten und **Rettet den Gorilla!** gerufen. Da hab ich mir das Plakat mit **Rettet den Orang-Utan!** drauf gegriffen und auch gerufen und damit gewedelt.

Leider waren alle anderen Schüler gerade im Unterricht und **niemand** auf dem Hof.

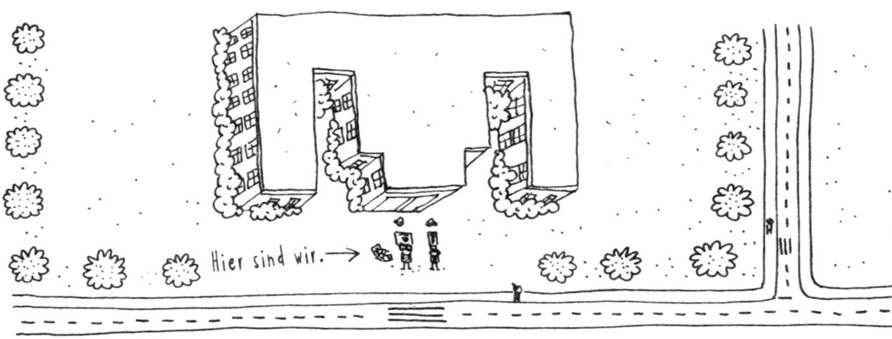

An der Straße sind auch nur ganz wenige Leute vorbeigelaufen, und die haben alle bloß ein bisschen komisch geguckt.

Pass auf, wenn erst mal große Pause ist, dann geht es hier so richtig los

hab ich Cheyenne angekündigt.

Leider ist schon vorher was losgegangen. Und zwar Herr Strump, unser Schulleiter, der immer aussieht, als hätte er ein **totes Eichhörnchen** auf dem Kopf.

Wie aus dem Nichts stand der nämlich plötzlich vor uns und hat die Arme in die Seiten gestemmt.

Ab mit euch in eure Klasse, aber sofort!

hat er dann voll unfreundlich geschimpft.

Da haben Cheyenne und ich lieber ganz schnell unsere Schultaschen und die Plakate eingesammelt und sind in unsere Klasse gegangen. **Menno.**

Das war ja jetzt total blöd. Ich war richtig ein bisschen traurig. Doch als wir an der Tür zu unserem Klassenraum standen, hat Cheyenne mir zugeflüstert: Aber wir geben niemals auf. Nächsten Dienstag machen wir das wieder!

„Ja", hab ich erleichtert zurückgeflüstert. Bloß woanders. Nicht direkt vor der Schule. Vielleicht vor dem Rathaus oder so.

Genau. Cheyenne hat entschlossen genickt.

Dann haben wir geklopft und sind reingegangen. Gerade hatten wir Deutsch. Und natürlich musste Frau Kackert sofort wieder **streng** über ihre Brille gucken.

Warum kommt ihr jetzt erst? hat sie gefragt.

Wir haben verschlafen hat Cheyenne behauptet.

Beide?

Leider hat Frau Kackert uns nicht geglaubt. Deshalb hat sie uns eine Strafarbeit aufgegeben. Irgendwas mit Konjunkturonalsätzen oder so.

Manchmal muss man für eine gute Sache ganz schön leiden.

DONNERSTAG, DER 3. SEPTEMBER

„Wann macht ihr eigentlich euren nächsten Film?", wollte Mama heute Morgen beim Frühstück wissen, nachdem ich ihr erzählt hab, dass wir schon fast **sechzig** DAUMEN HOCH haben!

Am Erfolg muss man arbeiten. Ihr müsst so schnell wie möglich nachlegen hat sie mir dann erklärt.

Also, ganz ehrlich, solche Sachen sagt Mama erst, seitdem sie eine Karrierefrau ist!

Auch Papa hat mit seinem Lehrerfinger rumgewedelt. Wenn man sich auf seinen Lorbeeren ausruht, ist man schnell wieder von der Bildfläche verschwunden.

Das war ja echt mal wieder ein typischer Papa-Spruch!

Allerdings immer noch besser als das ständige Gemecker, das ich sonst von ihm zu hören kriege, wenn Cheyenne und ich **eine gute Idee** haben.

Außerdem hatten wir ja sowieso vor, bald unseren nächsten Film zu drehen, und zwar schon **heute Nachmittag**.

Berenike hat nämlich bereits ihren zweiten Film veröffentlicht. Und weil der von ihrem Pferd Rexana handelt, hat sie dafür ganz schön viele **DAUMEN HOCH** bekommen. Weil es ja jede Menge Leute gibt, die Pferde toll finden.

„Und wir laden heute Nachmittag den dritten Teil unseres Schach-Tutorials hoch", hat Paul uns in der PAUSE nach der Stunde von Herrn Fellich erzählt.

Rémi hat genickt. Ja! 'eute wir schwindeln Marshall!

Dann hat er mich angelächelt. Ich möchte mehr sehen dir in SchoolTube, schöne Lothar.

OJE. Ich glaub, jetzt, wo er nicht mehr mit Emma zusammen ist, findet er mich wieder gut.

Aber für peinliche, herzförmige Geschenke und so was hatte ich wirklich gerade gar keine Zeit, auch wenn ich Rémi ja echt gerne mag.

Doch erst mal mussten wir darüber nachdenken, was wir als Nächstes **testen** können und wo:

Vielleicht **Sonnenbrillen** auf dem Spielplatz im Park?

hab ich vorgeschlagen.

Oder verschiedene **Furzkissen** auf Frau Kackerts Lehrerstuhl!

hat Cheyenne gegluckst.

Anti-Berenike-Sprays. Auf dem Schulhof

hab ich dann gekichert.

Warum testet ihr nicht **Nachtsichtgeräte** in meinem Baumhaus?

Pauls Augen haben begeistert gefunkelt.

Schönes Grüße aus die Ferien in Frankreisch!

hat Rémi gerufen. **Oh Mann, Rémi!**

Mitten in der Mathestunde
ist es mir dann eingefallen.

Ich weiß jetzt, was wir testen

hab ich Cheyenne zugeflüstert.

Nämlich **Instrumente**, mit denen man Schlangen und andere Reptilien **beschwören** kann.

Oder eben auch nicht.

Cool! hat sie gequietscht, und dann musste sie nach vorne an die Tafel kommen und was vorrechnen.

Irgendwas mit Zählern und Nennern oder so.

Leider hatte sie keine Ahnung, was das sein sollte, und deshalb hat sie dafür wohl keine besonders gute Note gekriegt.

Als wir uns dann nachmittags getroffen haben, hatten wir verschiedene **Instrumente** zusammengesammelt:

- Jakobs **Posaune**

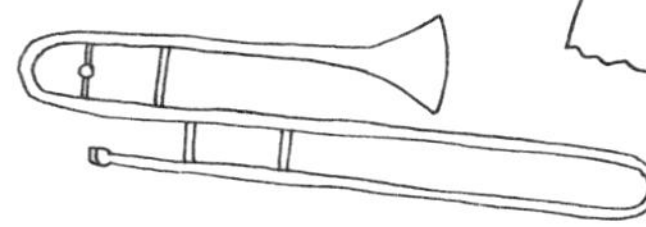

- einen **indischen Buckelgong** von Mama

- ein **Kinder-~~Xüle~~ ~~Tzylofon~~ Glockenspiel** von Cheyennes Schwester Chanell

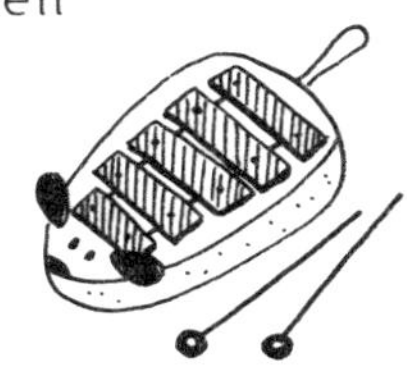

- einen **Kamm**,  auf dem man blasen konnte
- und **meine Blockflöte**, na klar!

Natürlich hatten wir vor, **Heesters** 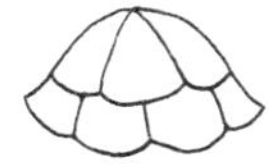 zu **beschwören**, unsere Schildkröte. Eine andere Reptilie gibt es bei uns ja auch weit und breit nicht.

Cheyenne hatte wieder **KALLE** dabei, denn schließlich trägt sie die Verantwortung für ihren Hund, auch wenn er bei ihrer Oma wohnt.

Weil das Wetter schön war, sind wir mit den beiden Tieren in unseren Garten gegangen. Ich hab Heesters auf unseren **Gartentisch** gesetzt und mir Jakobs **Posaune** gegriffen.

Cheyenne hat ihr Smartphone auf mich gerichtet.

Kannst anfangen hat sie dann gesagt.

Da hab ich in die Kamera gelächelt, so wie Mama das in ihrer Sendung auch immer macht.

Sie haben eine Schlange oder eine andere Reptilie und wollen sie gern **beschwören**, damit sie endlich mal ihren Kopf aus dem Panzer steckt?

hab ich gefragt.

Na, dann herzlich willkommen zu unserem ultimativen **Schlangenbeschwörer-TEST!** Ich werde gleich ausprobieren, ob man mit einer Posaune Schlangen beschwören kann. Und Schildkröten.

Danach hab ich Heesters konzentriert angeguckt und in die Posaune gepustet. Das ging voll schwer.

Und vorne kamen auch keine richtigen Töne raus, sondern nur so ein Gepupse.

Auch als ich am Bügel gezogen hab.

Da wurden die Pupsgeräusche nur ein bisschen höher und tiefer.

Cheyenne hat so gekichert, dass sie kaum ihr Handy ruhig halten konnte.

Heesters hingegen hat sich gar nicht gerührt.

Deshalb hab ich auf ihn gezeigt und ein bisschen gejapst, weil ich voll außer Atem war.

Ich hab den **Gong** auf den Tisch gestellt und mit dem Knüppel (oder wie das heißt) draufgeschlagen.

Erst einmal und dann noch ein paarmal öfter, weil Heesters noch immer **nicht beschwört** war.

Ein letzter Versuch hab ich schließlich in die Kamera gesagt und ein weiteres Mal auf den **Gong** gehauen, dass es nur so gescheppert hat.

In dem Moment ist das Fenster des Nachbarhauses aufgeflogen, und Frau Segebrecht hat sich rausgelehnt.

Das ist ja eine Unverschämtheit! Dieser Lärm! Ich werde mich bei deinen Eltern beschweren, Lotta Petermann!

hat sie gekeift und mit der Faust gedroht.

Ich hab zu ihr raufgeguckt, wusste aber nicht, was ich sagen sollte.

Und dann hab ich hinter Frau Segebrecht so ein **Kreischen** gehört. Es hat sich angehört, wie wenn einer abgemurkst wird.

Cheyenne hatte ihr Handy jetzt auch auf unsere Nachbarin gerichtet.

Ihr Papagei ist ja noch voll viel lauter als wir, ey!

hat sie hochgerufen.

Boah, Cheyenne ist immer so mutig!

Das fand Frau Segebrecht wohl auch. Auf jeden Fall ist sie knallrot im Gesicht geworden und hat nach Luft geschnappt.

Welch eine Unverfrorenheit!

hat sie dann gezischt und ihr Fenster zugeknallt. WAMM!

Was für eine schleimige Schlammschnecke

hat Cheyenne gesagt.

Aber ich konnte Frau Segebrecht schon ein bisschen verstehen. Weil ihr armer Hannibal ja nichts dafür kann, dass er immer so laut schreit. Schließlich ist er kein richtiger Papagei, sondern ein Nymphensittich. Und das bedeutet, dass irgendwas mit seinen Nymphen nicht stimmt.

Ein bisschen mitleidig hab ich noch mal hoch zum Fenster geschaut. Doch Cheyenne hatte es eilig. Los, mach weiter hat sie gedrängelt.

Und zwar weil der Akku von ihrem Handy fast leer war.

Da hab ich schnell den **Gong** weggeräumt und stattdessen **Chanells Glockenspiel** auf den Tisch gestellt. Wieder hab ich in die Kamera geguckt.

Und dann hab ich mir erneut den  Knüppel (ich glaub, der heißt irgendwie anders) gegriffen und auf die Metallplättchen geklopft.

Die Töne, die das **Glockenspiel** gemacht hat, haben sich ganz hübsch angehört.

Trotzdem ist Heesters nicht aus seinem Panzer gekommen.

Also war jetzt der **Kamm** 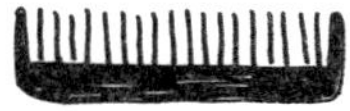 dran.

Wenn man Butterbrotpapier über einen Kamm legt und dann da so durchsummt, kann man nämlich auch Musik damit machen.

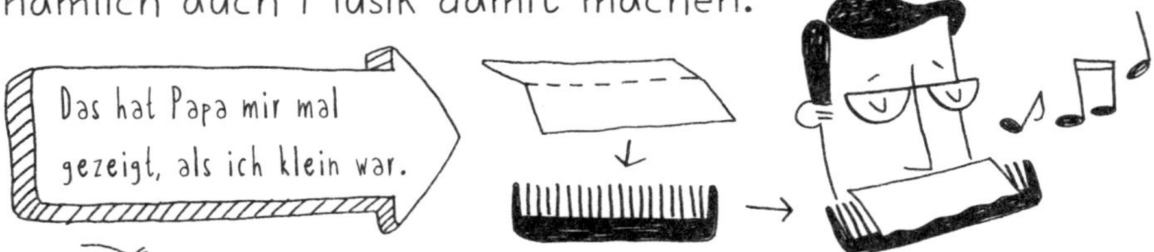

Natürlich hab ich versucht, ein **Schlangenbeschwörer-lied**  zu summen,

aber leider hat es so schrecklich an den Lippen gekribbelt, dass ich sofort wieder damit aufhören musste.

Mach weiter! hat Cheyenne ein bisschen ungeduldig gerufen. Aber ich konnte nur kichern und mir die Lippen reiben.

Das geht nicht. Das kitzelt ganz fürchterlich.

Und da haben wir Rollen getauscht. Ich hab gefilmt, und Cheyenne hat versucht, auf dem Kamm zu blasen. Allerdings musste auch sie ihr Lied schon nach den ersten Tönen abbrechen.

Hihihi, das ist ja schlimmer als küssen!

hat sie gegiggelt.

Oh Mann, Cheyenne!
Aber echt!

Anschließend hat sie noch gesagt, dass man einen Kamm am besten nur für Haare benutzen sollte, und dann haben wir wieder getauscht.

Und zwar weil jetzt die **Flöte** dran war.

Meine **indische Schlangenbeschwörer-Blockflöte**, mit der man ziemlich viele Sachen **beschwören** kann ... wie zum Beispiel Schildkröten!

Erst mal hab ich allerdings ein bisschen geheimnisvoll getan. „Diese Blockflöte ist keine normale Blockflöte, oh nein!", hab ich gesagt und damit vor der Kamera herumgewedelt.

Langsam bin ich vor dem Gartentisch in die Hocke gegangen, direkt vor Heesters.

Ich hab mich konzentriert und tief Luft geholt. Und dann hab ich vorsichtig reingepustet, damit sich die Töne auch so richtig **indisch** und **SCHLÄNGELIG** anhören.

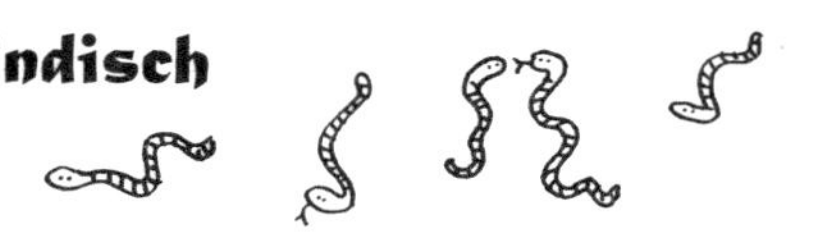

Zum Glück hat das auch geklappt. Eine ganze Weile lang hab ich voll die gute **Schlangenbeschwörermusik** gespielt.

Doch leider hab ich wohl aus Versehen **KALLE** damit **beschwört.** 

Er ist nämlich von seinem Platz unter den Büschen aufgesprungen und hat angefangen, zu **JAULEN** und zu fiepen.

Kalle! Aus! hat Cheyenne streng gerufen. Aber Kalle hat nicht auf sie gehört.

Er hat sich rückwärtsbewegt und dabei mit seinen Pfoten über die Ohren gewischt. Dabei hat er voll **RUMGEJAULT**.

 Doch obwohl sogar Kalle von meiner Musik **beschwört** war, ist Heesters nicht rausgekommen aus seinem Panzer. Er hat sich **nicht das kleinste bisschen** bewegt.

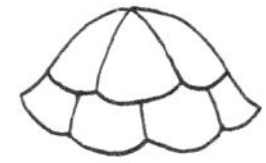

Irgendwann bin ich wütend aufgesprungen.

hat Cheyenne ein bisschen besorgt vermutet. Dabei ist Heesters ja nie tot, auch wenn er immer so tut.

Mit ihrem Smartphone ist Cheyenne ganz nah an Heesters' Kopfloch rangegangen,

aber bevor sie weiterfilmen konnte, war ihr Akku mit einem Mal ganz leer. **0**%

Wir haben uns angeguckt, und zwar etwas ängstlich.

Was glaubst du?
Ob dieser Film wohl genauso gut geworden ist wie der letzte?

hab ich Cheyenne dann gefragt.

Sie hat sich auf die Lippe gebissen und mit den Schultern gezuckt.

Genau in diesem Moment hat Heesters dann doch angefangen, seine Beine aus dem Panzer zu strecken. Und den Kopf. Gaaanz langsam in

S c h i l d k r ö t e n z e i t l u p e .

Schnell! Hol dein Handy! Das müssen wir unbedingt noch filmen!

hat Cheyenne gequiekt.

Natürlich bin ich sofort losgerannt wie eine Irre und wollte mein Smartphone holen.

Aber wo war es?

Nicht auf dem Schreibtisch.

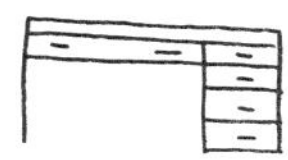

Auch **nicht** in meiner Schultasche.

Am Ladekabel hing es auch **nicht**.

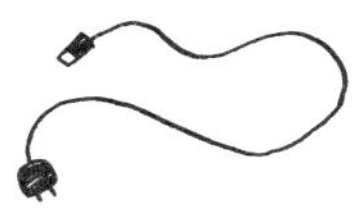

Und ich hatte es auch **nicht** auf dem Klo vergessen.

Als ich es endlich gefunden hab, auf der Fensterbank im Wohnzimmer, war mein Akku genauso leer wie der von Cheyenne. **0%** Oh Mann.

Das war ja jetzt total blöd!

Allerdings hatte Heesters sich sowieso schon wieder in seinem Panzer verkrochen.

„Egal", hab ich gesagt und Cheyenne fachmännisch zugenickt.

Wir stellen den Film trotzdem ins Internet. Schließlich müssen wir nachlegen. Sonst sind wir ganz schnell wieder von der Bildfläche verschwunden.

Also, das klang ganz schön erwachsen. Und war es ja auch. Schließlich hatten Mama und Papa das gesagt. Cheyenne war auch dafür.

Deshalb haben wir Heesters ins Gras gesetzt

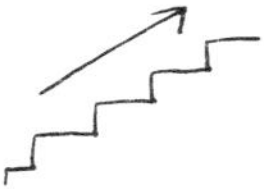

und sind mit Kalle zusammen hoch in Papas Arbeitszimmer gelaufen.

Erst mussten wir warten, bis Cheyennes Smartphone wieder genug Akku hatte, **17%**,

dann konnten wir endlich unseren neuen Produkttester-Film bei **SchoolTube** hochladen. Ganz ohne Papa.

„So", hat Cheyenne gesagt, als wir fertig waren.

Morgen haben wir bestimmt wieder hundert **DAUMEN HOCH!**

Oder hundertfünfzig hab ich gesagt.

Gerade da hat Kalle **GEJAULT**.

Wir haben uns schnell zu ihm umgedreht.

Und gesehen, dass er über Heesters gestolpert war, der mitten im Raum auf dem Teppich lag und ausgesehen hat wie ein leerer Panzer mit nichts drin. hä?

hat Cheyenne gerufen und ihre Augen weit aufgerissen. Ich hab nur gegrinst.
Weil ich das ja schon immer wusste.

FREITAG, DER 4. SEPTEMBER

Heute Morgen hatte unser Video erst **zwei DAUMEN HOCH.** Und die waren von Cheyenne und mir.

Dafür hatten einige Leute voll die **blöden** Kommentare bei **SchoolTube** reingeschrieben:

SchoolTube

Test 1: Schlüsselanhänger für den Badeurlaub

LOTTA UND CHEYENNE
DIE PHÄNOMENTASTISCHEN PRODUKTTESTER

Test 2: Instrumente, mit denen man Schlangen und andere Reptilien beschwören kann.

👍 2

(B) **Der Schluss war doof. So abgehackt.**

(E) **Nur das mit der Nachbarin war lustig.**

(H) **Wo ist der kleine Junge abgeblieben?**

(L) **Das mit der Flöte und dem Hund war Tierquälerei!**

Waaas? Tierquälerei? Cheyenne und ich?

Die spinnen ja wohl!

„Garantiert sind alle Kommentare von den **LÄMMER-GIRLS**", hat Cheyenne geknurrt, als wir uns vor dem Unterricht auf dem Schulhof getroffen haben.

hab ich zurückgeknurrt.

Aber da ist mir eingefallen, dass ich am Mittwoch schon **Pferde stinken!** unter Berenikes *Reich & schön*-Video mit Rexana geschrieben hatte,  obwohl ich Pferde eigentlich mag – so wie fast alle Tiere. Außer: 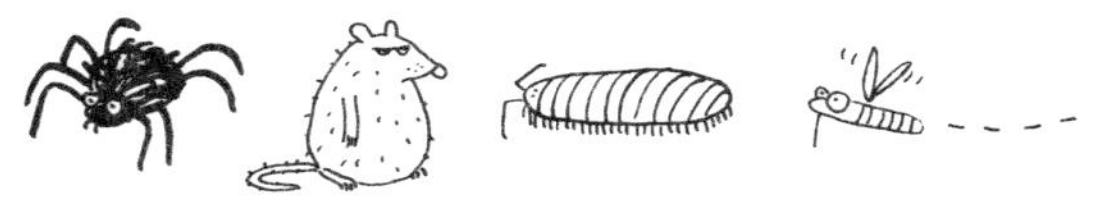

Aber Berenike musste gestoppt werden!

Die hat nämlich schon über hundertdreißig  **DAUMEN** für ihr dämliches Pferde-Video bekommen!!!

In der Stunde von Herrn Fellich haben Cheyenne und ich dann noch schlechtere Laune gekriegt.

Weil uns nämlich einige aus der Klasse inzwischen voll überholt hatten mit ihren **DAUMEN**. 
Zum Beispiel Matilda, obwohl die in ihrem Kanal bloß über Bücher spricht.

Na, sieh mal einer an, die Matilda

hat Herr Fellich gesagt und sich lächelnd über seinen Bart gestrichen.

Heimlich, still und leise zieht sie an euch allen vorbei. Und warum? Weil sie von ihrer Sache begeistert ist und begeistern kann. Weil sie konsequent jeden zweiten Tag einen Film hochlädt. Weil sie die Technik beherrscht und einen tollen Vor- und Abspann gemacht hat.

Matilda hat versucht, nicht zu stolz auszusehen mit ihrer klugen Brille. Aber ein bisschen rot geworden ist sie doch.

Oder Paul und Rémi

hat Herr Fellich dann gesagt.

Doch bevor er weitersprechen konnte, hat Maurice ihn unterbrochen: Aber das ist voll unfair! hat er sich beschwert.

Jeder Mensch auf der ganzen Welt findet Schach langweilig. Paul und Rémi kriegen bloß so viele DAUMEN, weil …

Dann hat er auf sein Handy geguckt und einen Kommentar vorgelesen, der unter einem der Schach-Videos stand:

Schach interessiert mich nicht. Aber Rémi ist soooo süß mit seinem französischen Akzent! Deshalb hab ich mir die Filme schon tausend Mal angeguckt!

Da haben natürlich alle gelacht.

Und zwar weil es sich für fremde Leute einfach nicht gehört, dass sie Rémi süß finden. **Die kennen ihn doch gar nicht!** 

 Anschließend hatten wir Deutsch bei Frau Kackert, und ich glaub, die hat sich heute mit Herrn Fellich abgesprochen. Jedenfalls sollten wir was über unsere Video-Kanäle schreiben.

> **Ich möchte, dass aus den Aufsätzen hervorgeht, warum ihr euch für eure Themen entschieden habt. Was fasziniert euch an der Sache, über die ihr eure Filme macht? Warum habt ihr genau dieses Thema ausgewählt und kein anderes?**

Komischerweise hat sie beim Sprechen fast nur Cheyenne und mich angeguckt.

Da hab ich Cheyenne auch angeguckt.

Weil ich nämlich gerade vergessen hatte, was mich an Schlüsselanhängern und Schlangenbeschwörungs-Instrumenten fasziniert. Deshalb ist der Aufsatz, den ich danach geschrieben hab, auch nicht so besonders gut geworden.

Und ich glaub, der von Cheyenne auch nicht.

Am Sonntag soll ich wieder Rocco babysitten

hat Cheyenne nach der Stunde düster gemurmelt, als wir die Treppe zum Schulhof runtergegangen sind.

Dann machen wir einen neuen Film mit ihm, Lotta. Wenn alle Rocco sehen wollen, bitte schön, dann kriegen sie eben Rocco zu sehen.

Genau. Und ich weiß auch schon, was wir testen.

Ich bin auf der Treppe stehen geblieben, und da ist Cheyenne auch stehen geblieben, und ich hab sie ganz verschwörerisch angeguckt.

Wir testen die Hunde im Tierheim. Welcher von ihnen ist wohl der beste Hund der Welt?

hab ich dann geflüstert.

Cool! hat Cheyenne gehaucht.

Ja! Wenn alle Leute kleine Kinder toll finden und auch Tiere, so wie Berenikes Pferd, dann kriegen sie eben beides auf einmal.

Rocco **und** die Hunde. Das wird voll der Hammer!

Cheyenne hat so geguckt, als würde sie bereits ganz viele neue **DAUMEN HOCH** vor sich sehen.

Und da war ich ganz schön stolz auf meine Idee.

Als wir wenig später auf dem Schulhof bei Paul und Rémi angekommen sind, hatten wir ziemlich **GUTE LAUNE.**

Paul war allerdings schon wieder ein bisschen **aufgeregt**.

Es stimmt überhaupt nicht, dass Schach langweilig ist

hat er uns sofort erklärt, und dabei ist seine Brille beschlagen, und er hat sie abgenommen und mit seinem Hemd geputzt.

Es wird auch das königliche Spiel genannt, und das aus Gründen! Zum einen kommt das Wort Schach vom persischen Schah, was König heißt, und außerdem …

Hach, da ist ja der süüüße Rémi mit seinem süüüßen französischen Akzent!

... hat in diesem Augenblick jemand ganz gemein gerufen, und da haben wir uns alle umgedreht.

Ausgerechnet Emma, die bis vor Kurzem noch Rémis Freundin gewesen ist! Gerade ist sie mit den bescheuerten **LÄMMER-GIRLS** an uns vorbeigelaufen, und alle vier haben **total blöd** gekichert, diese dämlichen Erbsen!

Also, da bin ich ja so was von <u>stinkig</u> geworden!

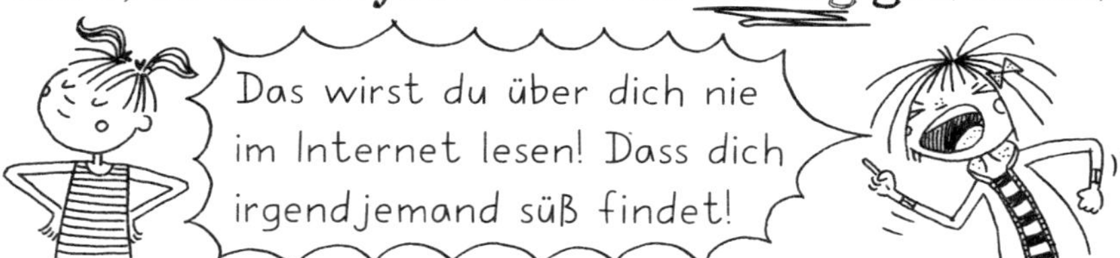

hab ich ihr hinterhergeschrien. **SO.**

Empört hab ich mich wieder zu meinen Freunden zurückgedreht, doch die haben alle ein bisschen überrascht geguckt.

Was? hab ich gefragt.

Cheyenne hat „hihi" gemacht, und Paul hat ausgesehen, als würde er gern wieder über Schach sprechen.

Mir war plötzlich ziemlich **heiß** am Kopf. Dabei hab ich das mit dem Internet ja bloß gesagt, weil Emma echt fies gewesen war!

Nicht dass Rémi sich jetzt einbildet, ich würde gern mit ihm Händchen halten oder so ...

SONNTAG, DER 6. SEPTEMBER

Heute war es so weit:

Wir wollten den **ultimativen PRODUKTTESTER-FILM** drehen, der die **allermeisten DAUMEN HOCH der WELT** bekommen würde!

Gleich vormittags haben wir Rocco abgeholt, und dann sind wir mit ihm im Buggy zu Cheyennes Omaramona gelaufen, weil Kalle natürlich auch beim großen Hunde-Test dabei sein musste.

Obwohl wir uns das eigentlich sparen können, hat Cheyenne gesagt, als wir anschließend unterwegs zum Tierheim waren.

Weil sowieso rauskommen wird, dass Kalle der beste Hund überhaupt ist.

Sie hat sich runtergebeugt und ihrem kleinen schwarzen Hund durchs bürstige Fell gewuschelt.

Hallo?  Das wird sich erst noch zeigen!

Oder Anton hab ich gesagt und sie ein bisschen ärgerlich angeguckt.

Oder Kalle  hat Cheyenne gesagt.

Dann ist sie vor Rocco in die Hocke gegangen und hat Kalle auf den Arm genommen.

Wer ist der beste und süßeste Hund auf der ganzen Welt, mein Kätzchen? Das ist doch Kalle, oder?

Und natürlich hat Rocco sofort die Hände ausgestreckt und Talle! Talle! gerufen.

Da hat Cheyenne mich ganz triumphierend angeguckt.

Manchmal ist meine beste Freundin echt **ein bisschen blöd!**

Im Tierheim wollte ich Rocco als Erstes **meinen** süßen, welligen **Lieblingshund** zeigen.

Damit er merkt, was für ein guter Hund ANTON ist ⇨ **der BESTE** nämlich.

Aber natürlich mussten wir vorher noch ein paar andere Hunde testen. Sonst macht so ein Test ja gar keinen Sinn.

Also hab ich mich zusammen mit Rocco in seinem Buggy vor Cheyennes Smartphone-Kamera gestellt und gerufen:

Die **PHÄNOMENTASTISCHEN PRODUKTTESTER** testen heute ... tadaa: **Hunde!** Welcher ist der beste und liebste Hund der Welt?

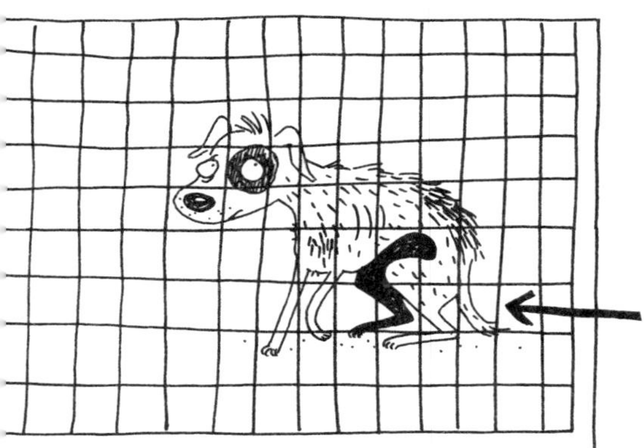

Als Erstes hab ich Rocco dann vor einen Käfig mit einem Hund geschoben, der **Bilbo** hieß und ziemlich mager und struppig aussah.

Leider hat Rocco ihn nur angestarrt und keinen Ton von sich gegeben, statt was **Lustiges** zu machen.

Ich bin vor dem Käfig in die Hocke gegangen.

Bilbo! He, Bilbo

hab ich den Hund leise angelockt.

Doch der hat nur seinen Schwanz zwischen die Hinterbeine geklemmt und mich angeknurrt.

Also bin ich wieder aufgestanden und hab mich zu Cheyenne umgedreht.

Wie man deutlich sehen kann, ist Bilbo nicht der beste Hund

hab ich erklärt,

obwohl ich mich im selben Augenblick total schlecht gefühlt hab. Ich hatte voll **MITLEID** mit Bilbo, weil ich natürlich gemerkt hab, dass er nur Angst hat.

Aber irgendwie muss zum Schluss ja rauskommen, dass ANTON **der beste Hund der Welt** ist!

Also bin ich mit Rocco zum nächsten Käfig gegangen, in dem ein **gefleckter Terrier** saß.

Doch da hat Cheyenne plötzlich ihr Smartphone ausgemacht. Das ist total blöd hat sie voll kopfschüttelig gesagt.

Megalangweilig. Ich hab eine viel bessere Idee: Wir lassen Rocco aus seinem Buggy raus, und dann guckt er sich in Ruhe die Hunde an ... und dann entscheidet er, welcher der beste ist.

Die Idee fand **ich** jetzt aber blöd, weil ja klar war, dass Rocco Kalle am liebsten mag. Schließlich kennt er ihn am besten.

Trotzdem hab ich zugestimmt. Und zwar weil Cheyennes kleiner Bruder heute wirklich ein bisschen langweilig war.

Doch kaum hatten wir Rocco aus seinem Buggy geholt, war im Tierheim plötzlich der Bär los:

Rocco hat an Cheyennes Bein gezerrt und gebrüllt.

Als sie ihn hochheben wollte, hat er ihr aus Versehen das Handy aus der Hand geschlagen …

… das leider genau auf meinem kleinen Zeh gelandet ist. Ich hab voll gequietscht.

Alle Hunde im Tierheim haben angefangen zu bellen.
ALLE.
WEFF
wuff
WEFF WEFF
WÖFF
wuff
wuff
Und als es am allerlautesten war, wollte Rocco plötzlich wieder vom Arm runter.
HAAAbn! Wauwau!

Mitten in diesem Chaos hab ich mich umgedreht und gemerkt, dass Jule von draußen reingekommen war. Sie arbeitet hier im Tierheim und wollte wahrscheinlich nachgucken, woher der ganze Lärm kam.

Und ich hab voll gestaunt, als ich sie gesehen hab, denn auf ihrer Schulter saß … **ein Eichhörnchen!**

Haaabn! hat Rocco begeistert geschrien und darauf gezeigt. **Docco Wauwau haam!**

Bevor wir Jule warnen konnten, ist sie auch schon vor Rocco in die Hocke gegangen.

Ich glaub, sie wollte ihm das Eichhörnchen nur zeigen, aber er hat sofort mit beiden Händen danach gegriffen.

Und dann hat er wieder **gebrüllt.** WÄÄÄ

Weil das Tierchen nämlich Angst gekriegt und ihn angepinkelt hat.

Anschließend sind wir erst mal alle zusammen rausgegangen. Damit die Hunde sich wieder beruhigen können. Und Rocco auch.

Mann, Rocco, stell dich nicht so an

hat Cheyenne geschimpft, nachdem sie ein bisschen mit einem Taschentuch auf seinem Pulli herumgetupft hatte.

Du bist voll das Weichei!

Da hat Rocco wütend Ääh! gemacht, aber zum Glück hat er nicht mehr geheult.

Und dann ist er zu den Ponys rübergestapft.

Puh,  endlich wieder Ruhe!

Erst jetzt konnten wir Jule begrüßen, und sie hat uns das Eichhörnchen vorgestellt.

hab ich gesagt und wollte Kiki am liebsten streicheln.

Aber ich hab mich nicht getraut.
Weil er das ja vielleicht nicht mag.
 Und dann macht er wieder Pipi.

Doch bevor ich Jule fragen konnte, haben wir erneut **GESCHREI** gehört. Natürlich von Rocco.

Oh Mann! WÄÄÄÄÄÄÄÄÄÄ

Cheyenne und ich haben sofort Ausschau nach ihm gehalten und festgestellt, dass er **im** Gehege **hinter** dem Zaun saß.

Und in dem Gehege war ein Lama.

Und das Lama hatte ihn gerade vollgespuckt. 

Oje, hat Jule gerufen. Das ist Karl, unser Zirkus-Lama. Der mag es gar nicht, wenn man ihm zu nahe kommt.

Dann hat sie Kiki auf meine Schulter gesetzt

und Cheyenne dabei geholfen, Rocco aus dem Gehege zu holen.

Cheyenne hat fast geheult.
Vor allem, als sie anschließend versucht hat, die Spucke mit einem Papiertaschentuch abzuwischen.

Denn eigentlich war das gar keine Spucke, sondern so ein **GRÜNLICHER SCHLEIM**. Und der hat voll **EKLIG** gestunken.

Wie eine Verrückte hat Cheyenne gewischt und geschrubbt, aber der **SCHLEIM** hat sich nur immer weiter verteilt.

Dabei hatte Rocco ihn sowieso schon am ganzen Körper kleben, an den Händen und an der Hose und in den Haaren.

Auch mit dem nassen Lappen, den Jule von drinnen geholt hat, ging die **LAMASPUCKE** nicht besser ab.

Ich hätte Cheyenne ja gern geholfen, aber das ging nicht mit einem Eichhörnchen auf der Schulter.

Tschik-tschik hat Kiki gesagt und ganz interessiert zugeguckt,

bis Jule ihn wieder an sich genommen hat.

Irgendwann hat Cheyenne ihren kleinen Bruder dann einfach in den Buggy gesetzt

und zurück zu ihrem Papi und Jessica geschoben.

Ohne ein Wort zu sagen. Dabei hat sie die Lippen voll fest zusammengepresst.

Doch leider wurde es bei Rocco zu Hause noch **SCHLIMMER**.

hat ihr Vater Guido gebrüllt.
Da hat Cheyenne schon wieder fast geweint.

Und das konnte ich gut verstehen. Weil das wirklich **ziemlich gemein** von Guido war. Schließlich konnte sie überhaupt <u>nichts</u> dafür. Und außerdem darf man seine Kinder nicht einfach so anbrüllen. Mein Papa ist zwar auch manchmal etwas grummelig, aber so was würde er nie machen.

Auf dem Rückweg wollte ich Cheyenne unbedingt trösten. Deshalb hab ich ihr erzählt, dass

KALLE wirklich der allerbeste **HUND der Welt** ist.

Zusammen mit Anton. ♡
Und du hast es sooo gut, dass Kalle sogar dir gehört und nicht im Tierheim leben muss.

Ich hab geseufzt.

Ich weiß nicht, ob ich Anton jemals haben darf.

Da hat Cheyenne ihren Kalle auf den Arm genommen und ganz doll geknuddelt.

Und dann hat sie auch mich ein bisschen geknuddelt.

Anschließend ging es ihr zum Glück schon wieder etwas besser, und wir haben über andere Dinge gesprochen. Zum Beispiel darüber, dass unser **Kanal voll blöD** ist und wir **nie wieder** einen Film machen wollen.

Dann kriegen wir eben 'ne schlechte Note bei Herrn Fellich. Ist doch egal

hat Cheyenne geknurrt.

Genau. Wir konzentrieren uns lieber aufs Tiereretten. Das ist sowieso viel wichtiger, als bescheuerte Produkte zu testen.

Der Meinung war Cheyenne auch.

Und wer weiß, vielleicht findet das ja sogar Herr Fellich, der alte Grizzlybär.

MONTAG, DER 7. SEPTEMBER

„Eigentlich ist es doch ganz einfach", hab ich heute zu Cheyenne gesagt, als die gesamte Schule mitten in der Musikstunde auf den Schulhof gerannt ist, weil es einen Probealarm gab.

Wir wollten doch sowieso von Anfang an nichts anderes machen als Tiere retten. Also filmen wir uns jeden Dienstag dabei und dann …

Au ja! Und dann laden wir die Filme bei **School-Tube** hoch und werden noch schneller berühmt

hat Cheyenne sofort gerufen.

In dem Moment hat der bescheuerte Maurice dazwischengegrölt.

Er stand nämlich direkt hinter uns WILDEN KANINCHEN. Überhaupt war es sehr drängelig auf dem Schulhof, außer den **Rockern** und den ***LÄMMER-GIRLS*** lungerten auch meine beiden **Blödbrüder** ganz in unserer Nähe rum.

Lass dich vom Grizzly-Bären fressen!

hat Cheyenne Maurice angeschnauzt, und ich hab wütend gegrollt.

Doch dann hab ich mich schnell wieder zu meiner besten Freundin umgedreht.

Das mit den Schulstreiks für den Tierschutz findet Herr Fellich bestimmt auch gut. Darauf hätten wir schon viel früher kommen können.

Genau. Und wenn ihm ein Film in der Woche zu wenig ist, dann filmen wir uns eben auch zwischendurch mal. Wie wir Plakate malen und so.

Ja, gute Idee! Ich hab genickt.

Aber natürlich hatte Paul trotzdem schon wieder was zu meckern. „Was wollt ihr eigentlich?", hat er so knurrig gefragt und die Augen verdreht.

Tiere retten oder berühmt werden oder eine gute Note bei Herrn Fellich bekommen?

← **Dieser alte Spielverderber!**

LL

Wir wollen alles! hab ich ihn angefaucht.
Und wenn du ein bisschen mehr Mumm hättest, würdest du auch mitmachen – aber du bist ja lieber langweilig und drehst schnarchige Schach-Filme!

Natürlich war Paul sofort wieder beleidigt.

Ihr seid mir momentan echt zu blöd

hat er gesagt, bevor er

sich umgedreht hat und weg-gestapft ist zurück zur Schule.

Dort hat er dann vor der Tür gewartet, weil wir noch nicht wieder reingehen durften. 

Also hab ich mich an Rémi gewandt, weil ich gehofft hab, dass wenigstens er uns beim Tiereretten unterstützt. Aber auch der hat so stirnrunzelig geguckt.

Schach nischt ist lang-weilisch. Schach ist von große kültürelle Bedeutung!

hat er mir erklärt.

 Da wusste ich wirklich nicht mehr, was ich sagen sollte. Ganz ehrlich, fast hab ich gehofft, dass Rémi als Nächstes wieder „süße Lothar" zu mir sagen würde und Händchen halten wollte und so was.

Im selben Moment hab ich eine bekannte Stimme hinter mir gehört. Wissen Mama und Papa eigentlich, dass ihr Schule schwänzen wollt?

Erschrocken hab ich mich umgedreht.

Jakob. Mein **Blödbruder**. War ja klar.

Ich wette, nicht! hat Simon hinter ihm gerufen und breit gegrinst.

Wehe, ihr petzt! Sonst, sonst …

hab ich die beiden angezischt und gemerkt, dass ich gerade so richtig **stinkig** werde. … gibt's die schlimmste Rache, die ihr euch vorstellen könnt!

Oh Mann. Das fängt ja gut an mit den beiden auf der **Günter-Graus-Gesamtschule!**

DIENSTAG, DER 8. SEPTEMBER

Unser zweiter Dienstag für den TIERSCHUTZ!

Cheyenne und ich sind heute Morgen zum **Rathaus** gelaufen, weil das nämlich mitten in der Innenstadt steht.

Deshalb sind dort garantiert <u>viel mehr Leute</u> unterwegs als vor unserer Schule. Und Herr Strump wird da hoffentlich auch nicht auftauchen mit seiner Eichhörnchenfrisur.

Tatsächlich war in der Stadt einiges los. Und ein paar Leute haben wirklich ganz interessiert geguckt, als wir auf den Stufen vor dem Rathaus unsere Plakate hochgehalten und unsere Forderungen gerufen haben.

Davon sterben nämlich die Bienen!

hab ich geschrien. Doch genau in dem Moment ist so ein alter Rentner zu uns gekommen und hat

mit einem Stock rumgefuchtelt.

Ihr faulen Schulschwänzerinnen, was habt ihr hier zu suchen? Los, ab mit euch in den Unterricht!

hat er geschimpft.

Da ist mir ein bisschen **MULMIG** geworden. 
Trotzdem bin ich ganz schön mutig geblieben. Ich hab nämlich gerufen: Aber dann sterben die Bienen!

Mir doch egal. Ich mag sowieso keinen Honig

hat er gemotzt.

Bienen sind aber auch noch für andere Sachen wichtig

hab ich ihm erklärt.

Genau!

„Ach ja? Für welche denn?" Der alte Mann hat uns lauernd angeguckt. „Für Bienenstiche etwa? Höhöhö!"

Leider ist mir gerade keine Antwort eingefallen und Cheyenne auch nicht. Da hat er nur noch einmal böse gelacht **Höhöhöhöhö!** und ist weggegangen, wobei er irgendwas von **Eltern** und **Schule** und **Polizei** und **Imker** geknurrt hat.

Wir haben ihm nur stumm hinterhergeguckt. Und dann hat Cheyenne tief Luft geholt.

„Schützt unsere Ein… äh Eichhörnchen vor Mardern und Katzen!" hat sie wieder gerufen, bevor sie sich geräuspert hat, weil ihre Stimme ein bisschen bröckelig klang. „Und vor Schulleitern!"

In diesem Moment sind zwei Kinder die Treppe hochgekommen, um sich uns anzuschließen.

Leider waren das nur meine **Brüder**, Jakob und Simon. Sie hatten auch Plakate dabei, die sie schnell ausgerollt haben.

Ich war total stinkig.

Macht, dass ihr wegkommt!

Wir demonstrieren hier für den Tierschutz.

Und wir demonstrieren gegen Frau Kackert

hat Jakob erklärt. Anschließend haben die beiden wieder angefangen zu schreien.

Und dann haben wir auch noch die **Rocker** gesehen. Sie sind die Treppe hochgekommen, haben sich vor uns gestellt und gegrölt:

hab ich gequiekt. Aber Maurice, Finn, Timo und Benni haben nur gelacht und weitergegrölt.

Danach sind immer mehr Leute aufs Rathaus zugeströmt, die Stufen hochgelaufen und haben die dämlichsten Sachen gerufen.

Nämlich solche, die überhaupt NICHTS mit Tierschutz zu tun hatten:

Da haben Cheyenne und ich unsere Schilder zusammengepackt und sind gegangen.
Und zwar in die Schule.

Später am Tag haben wir dann Kalle abgeholt und sind zum **TIERHEIM** gelaufen.

Dort haben wir geholfen, die Tiere zu füttern

und alle Gehege sauber zu machen.

Wir wollten auch Kiki besuchen, aber Jule hatte ihn schon wieder in die Freiheit entlassen.

Anschließend hab ich mich vor Bilbos Käfig gehockt und ganz lieb mit ihm geredet. Ziemlich lange sogar.

Und zwar damit er seine Angst verliert und ein bisschen zutraulicher wird. Schließlich soll auch der arme Bilbo mal ein schönes Zuhause finden.

Als wir damit fertig waren, sind wir mit Anton und Kalle Gassi gegangen. Weil das nämlich alles Dinge sind, die man **tun** kann, wenn man erst zwölf ist und gerne Tieren helfen möchte.

Egal ob man eine berühmte Influencerin ist oder nicht.

Ich hab gestern was im Fernsehen gesehen

hat Cheyenne nach ein paar Minuten angefangen zu erzählen,

da waren so Leute, die sind mit Booten zu einer Insel gefahren, wo Wale gejagt wurden. Und dann haben sie versucht, die **WALMÖRDER** dabei zu stören und die **Wale zu retten**.

Natürlich fand ich das **total gut**.

Cool! So was machen wir auch ... wenn wir so ungefähr zwanzig sind.

Genau! Cheyenne hat genickt. Doch nach einer kurzen Pause hat sie weitererzählt:

Und dann hab ich anschließend noch die Sendung von deiner Mama gesehen. **SABINES WELT.** Sie hat gestern Nagellacke getestet. Dafür hatte sie sogar ein **Nagellacktrockner-Äffchen,** das hat den Nagellack immer trocken gepustet. Das war voll süß.

Sie hat geseufzt. Was deine Mama macht, ist auch echt cool, Lotta.

Stimmt hab ich gesagt. Bloß für uns ist das leider nichts. Das mit dem Testen, mein ich. Wir sind einfach besser im Tiereretten. Und deshalb machen wir das auch später, wenn wir erwachsen sind.

Dabei hab ich Cheyenne ein bisschen prüfend von der Seite angeguckt. Nicht dass sie doch noch Produkttesterin werden will.

Da hat sie noch mal geseufzt.

hab ich sie schnell erinnert.

Wieder hat Cheyenne genickt.

Zufällig sind wir gerade in dem Moment an **Pauls Haus** vorbeigekommen.

Und da hab ich vorgeschlagen, dass wir nachgucken, ob er im Baumhaus ist.

Ohne an der Tür
zu klingeln,
sind wir in
den Garten
gelaufen.

hat Cheyenne dann den Baum hochgerufen.

Nur Sekunden später haben Paul und Rémi ihre Köpfe aus dem Eingang gesteckt. Aber während Rémi uns fröhlich angestrahlt hat, hat Paul nur ziemlich finster geguckt.

Ja, wir sind da. Aber ich muss euch warnen: Wir machen gerade ein langweiliges Schach-Video

hat er geschimpft.

Dass er auch immer so nachtragend sein muss!

Das macht doch nichts! hab ich ihm erklärt.

Schließlich könnt ihr ja mal eine Pause einlegen und erst mal mit uns zusammen ein paar Bälle werfen, für die Hunde.

Nee danke

hat Paul gebrummt.

Und danach bringt ihr uns Schach bei.

Da hat Paul mich überrascht angestarrt.

Und dann ist er die Strickleiter
runtergeklettert, und
wir sind alle zusammen
in den Park gegangen.

Dort haben wir ziemlich lange

mit den Hunden gespielt

und Eis gegessen

und uns unterhalten

und so was.

So lange,
dass anschließend gar keine Zeit mehr
war für Schach. Aber ich glaub,
nicht mal Paul fand das wirklich schlimm.

Alice Pantermüller / Daniela Kohl

Linni von Links

Band 1 & 2

Linni von Links reicht es: Seit Uroma Emilie sind alle Frauen der Familie von Links berühmt geworden. Als sogar ihre kleine Schwester zum Star wird, steht für Linni fest: Sie muss etwas tun. Leider ist sie weder als Dichterin noch als Schauspielerin begabt. Doch aufgeben kommt für Linni niemals infrage. Mit ihrer besten Freundin Isadora versucht sie alles, sich ihren Traum vom Berühmtsein zu erfüllen. Dass in letzter Zeit ständig eine griesgrämige alte Dame auftaucht, die aussieht wie ein Geist und Linni und Isadora von einem Missgeschick ins nächste führt, hilft dabei auch nicht.

280 Seiten • Gebunden
ISBN 978-3-401-60514-2
www.arena-verlag.de

Berenike von Bödecker
ist total hochnäsig
Emma, Hannah, Liv-Grete
die Bande von Berenike
die ~~Glamour~~-Girls
LÄMMER
die Rocker
unsere ~~Klassen~~lehrerin
Frau Kackert
guckt immer gerne **streng** über ihre Brille
Maurice, Finn, Timo, Benni
Papi von Cheyenne und Chanell
Guido Wawrceck, Jessica Kowalski
Sohn
Rocco
kleiner Bruder von Cheyenne und Chane
unser neuer Klassenlehrer
Bernd Fellich
sieht echt bärig aus, ist aber total nett!
ANTON
Jule und Kiki
Karl
vom Tierheim